大富豪爺さんがくれた 1通の手紙

Letter that the millionaire gave me.

遠越 段

SOGO HOREI PUBLISHING CO., LTD

幸福な人間とは、自分の人生の終わりを始めにつなぐことのできる人間である

ゲーテ

プロローグ

ニューヨークの講演会場で、１０００人近い聴衆を前に、片岡智樹は、ふと昔のことを思い出していた。

カルフォルニアのトーランス、サンフランシスコ、シカゴ、ワシントンに続いての講演で、今日が最後のアメリカ講演だった。

智樹は今年で42歳になった。

若いころは、まさか自分がアメリカ各地で、多くの人を前に講演をするなどとは思わなかった。

高校ではラグビーだけに没頭し、大学もいわゆる有名校ではなく、アルバイトばかりやって勉強もろくにしなかったが、ある人との出会いがあり、生き方が変わった。

その人の名は高原昇。

世界的に有名な企業経営者だった。そして、いわゆる大富豪だった。しかし、その実像を詳しく調べ、本当の生き方や思想を教える本はなかった。

智樹は、大きな病気をしてしまったこともあって、就職もせずに、アルバイトをしつつ、ライター、作家を目指してきた。

約10年前には、高原の人間像とその思想を1冊の本にして、そこそこの評判を得ていた。

そのときは、アメリカの大学出版部から、ぜひ翻訳出版をしたいとの申し出があったが、断っていた。

高原の教えを、さらに世界に届くためのものにする研究が必要だと思ったからだ。

とかく日本人というのは誤解されやすい。

１００年以上も前に、新渡戸稲造が、アメリカやヨーロッパの文化を知り尽くして『武士道』を書き、そして受け入れられたように、智樹はアメリカやヨーロッパの本を読み漁り、多くの人と交流し、そのうえで再び、高原に学んだことを本にした。

英文のチェックは、アメリカで10年来の親友となった同業のトニー・ブートニーと一緒に何度もやった。

トニーは、日本の一橋大学にも留学したことのあるドイツ系のアメリカ人で、昨晩も、ブロードウェイ近くの日本風赤ちょうちん〝赤とんぼ〟で、日本酒の熱燗でしこたま飲んで旧交をあたためた。

智樹の本はアメリカでも大人気で、トニーや友人の川上康弘のつながりで知り合ったN新聞のアメリカ支社長の小原泰男の協力による仕掛けで、全米各地での講演となった。

川上とは、20代、30代と、会うとケンカばかりしていたが、最近では仕事の面でもいろいろ手伝ってくれる。

やはり高校時代、いや幼いころからの友人はいいものだ。

智樹は、アメリカ人の思想の源流となったベンジャミン・フランクリンやデイヴィッド・ソロー、ラルフ・ワイルド・エマーソン、そして現代のスティーブン・コヴィーやオグ・マンディーノなどを熟読した。もちろん、イギリスのベーコンやシェイクスピア、サミュエル・スマイルズの研究もした。

そして高原に教わったものを、欧米人にもよく理解できるように注意深く仕上げたつもりであった。

昨晩、日本酒で少し顔を赤らめたトニーが興奮気味に言った。

「これまでは、一方的に欧米の本が日本に紹介されるだけだったけど、これからは違うぞ。

オレが日本で勉強してわかったように、仲間やまわりの人や、よその国の人を生かして、みんなが仲良く共生し、成功するには日本人の伝統から生まれた考えを広めていかないといけない。

もちろんそれは、日本人が得意とする、西洋のいいところも中国のいいところも取り入れて、万人にいいようにつくり変えていくことで生まれたものだ。日本人の智恵だけでない、全人類の知恵だ。

お前のこの本がそのきっかけとなるよ」

智樹は聴衆の大きな拍手に迎えられて、檀上で口を開いた。

「こんにちは。今日は、こんなにたくさんの人にお越しいただいて、ありがとうございます。

今日、お話しさせていただくテーマは、『人が必ず成功し、幸せになれる七つの法則』というものです。副題は、『大富豪爺さんがくれた　1通の手紙』となっています。

これは、アメリカやヨーロッパの先人たち、中国や日本の先達たちに学んだ、ある日本人が、もう20年も前に私に教えてくれたことを研究し続けてまとめたものです。

その意味で、これからお話しすることは、アジアの島国でできた考えというよりも、全人類の知恵を、その小さな島国ニッポンで冷静に見つめて、導き出したものです。

これからの世界は、自分が成功し、幸せになるとともに、まわりの人、そして全世界の人の成功と幸せも実現していかなくてはなりません。これから、そうなるための法則を話させていただきます」――

Contents

〈PHOTO〉
Edwin Verin/shutterstock
vetre/shutterstock
Dusan Jankovic/shutterstock
connel/shutterstock
Matej Kastelic/shutterstock
aluxum/istock
Graphs / PIXTA

第I部 出会い

困難は乗り越えるためにある

「なんだこの車内の風景は？」

いつもの地下鉄丸の内線だが、車内のポスターも、人々もみんな黄色に見えてくる。

「きのうバイトで頑張りすぎたのかなあ」、体はだるく重い。

夕方5時までに、赤坂のバイト先である居酒屋チェーンの「村長」に行かなくてはならない。

いつもより早めに来たので、赤坂近くの青山一丁目交差点そばにある病院に寄っていくことにした。

片岡智樹22歳。九州の熊本、阿蘇山近くの田舎出身で、1浪の後、東京の私大に入ってすでに3年たち、就職活動を始めていた。

しかし、どうもここ半月くらい元気が出なかった。寒さのせいかなとも思ったが、どうもそれだけではなさそうだ。

昨日、バイト前に「じゃんがらラーメン赤坂店」の〝ぼんしゃん〟を食べたが、あれだけ好きだったはずなのに、いつものように独特のとんこつの匂いを感じず、おいしいと思わなかった。

小さいときから、どんなに食欲がないときでもラーメンだけは別で、〝替え玉〟をしなかったことはほとんどなかったのに。

智樹は、これといって何かをやりたいということもなかったため、就活には全く気合いが入っていなかった。

ただ、いつまでも熊本の親にすがって生活するのも無理だし、とりあえず、潰れることのなさそうな名の知れた会社に入ろうと思っていた。

しかし、現実は厳しかった。

自分の通っている大学はいわゆる有名校でもないし、自分にこれといって特技があるわけでもなかった。

ただ、自分で言うのもなんだが、アルバイトでも、決められた仕事は全力でやろうとしてきたし、そこの人たちにちゃんと認められるように頑張りたいとは思ってやってきた。

同じバイト仲間の中には、どうせおれたちアルバイトだし、適当にやっていればいいんだという者もいた。その中には、きっといい会社に入り、うまくやって偉い地位につくんだろうなと思える、いわゆる一流大学の奴もいた。

智樹が働いている居酒屋では、大量仕入れで、できるだけ安くて新鮮なものをというコンセプトで魚の刺身を提供していた。あるとき、バイトの先輩に、お客が尋ねた。

「このハマチどこ産？　もちろん養殖じゃないよね」と。

すると先輩は言った。

「私バイトなんで詳しいことわかりません」

そして、しばらくして智樹に小さくささやいた。

「まったく。こんな安居酒屋で天然も何もないだろう、なあ」

智樹は、カチンと来たが黙っていた。思っていることを言えばいいのだが、相手は一つ先輩だし、言い合いになるのも面倒なので、言わなかった。

腹の中では「バイトであろうがなかろうが、ちゃんとお金をもらっているんでしょう。少し調べれば、その魚がどこ産で、養殖かどうかもすぐわかるじゃないか。店長でも板さんにでも聞けばいいことじゃないか」とつぶやいていた。

智樹は、店長にスマートフォンから電話し、「病院に立ち寄るので、少し遅れるかもしれません」と言った。

店長の力丸孝二は、少しだけ年上であったが、山形の高校を卒業してからすぐにこの居酒屋チェーンに正社員として入り、数年働いているうちに店長にまでなった。誠実で一生懸命に働き、性格も明るくさっぱりしている力丸のことを智樹はとても慕っており、仕事面でも尊敬していた。

学生やおばさん、おじさんのアルバイトが多い中で、いつもニコニコとしていて、「頑張ってくれていてありがとう」という気持ちがにじみ出ている。

有名なライバル新興外食産業のチェーン店が、ブラック企業とマスコミにたたかれたとき、智樹がバイトをしているチェーン店の親会社もしぶしぶ全店舗を調査して時間外給与の未払い分の精算をしたことがあった。そのとき力丸も未払い分として相当な金額をもらったそうだ。

それまで力丸も月に2、3日休めばいいほうで、1日の睡眠時間は、少ないと4時間しかなかったそうだ。

「思わぬお金が2000万円近くも支払われてきた。自分としては、20代は修業、勉強のときだから、何とも思わなかったが、経営者は大変だな。オレもこんなお金いらないし、まだ修行中だからと言って、田舎の親にそっくり送ったらびっくりしていたよ」

と力丸は、智樹に笑って話したことがある。

「仕事は別々になったとしても、人間として自分は好きだな。なんせ、まっすぐだもん」

と智樹は、この人とは一生つき合っていきたいと思っていた。

その力丸が心配して、「おい大丈夫かよ。風邪ひいたのか？　きつかったら休んでいいぞ。今日1日ぐらいは、お前がいない分、オレもフロアーをもっとフォローするし」と言ってくれた。

「何、注射1本すれば大丈夫ですよ。とにかく病院に行ってきます」と言った。

病院では、副院長を兼ねているという内科のベテラン医師に「どうしたんですか?」と聞かれ、「何か元気が出ないんです」と答えた。

ベテランの風格のある医師は、

「ひょっとしたら赤血球が足りないのかもしれないな。それだと赤血球を補えばすぐ元気になるよ。とにかく血液検査してみることにしよう。採取後、結果が出るまで2時間くらいかかるから、しばらく時間をつぶしてきなさい」

と言った。

智樹は近くにあった港区立図書館に入って簡単に読めそうなものを2、3冊見つけて読み飛ばした。

智樹は、小さいころから本好きだった。小学校以来の学校の成績はお世辞にもよかったとは言えないけれど、なぜか本を読むことに関しては大好きで、一人で部屋にこもって黙々と読んでもあきなかった。

よく母親は、その集中力を少しは学校の勉強に使ったらいいのにと、言ったものだった。

大体何でも読んだ。ただ、お小遣いをたくさんもらえる家ではなかったので、親戚のおじさんたちや近所の年上の人たちから、借りたり、もらったりすることが多かったためか、読んだのは時代小説が多かった。ＮＨＫ大河ドラマに合わせて出されたものなどもよく回ってきた。

伝記や文学書、ノンフィクション物語なども好きだったが、今の心理状態ではとても読めそうになかった。

最近は、就活をしているせいか、いわゆる〝自己啓発もの〟も少し読んではみたが、まだあまりピンと来ないというのが本音だった。

大学では、一応、経済学部だったが、授業は単位を落とさない程度にしか出席せず、もっぱら下宿近くの公立図書館にある本をバイトの間に片っぱしから読んでいた。だから時代小説も有名なものはほぼ読んでいた。

しかし、今日は、その中でもさらに軽い本しか目を通す気がしなかった。「医師の言うように、単なる赤血球不足だといいけど……」と、つい心が不安になってしまうからだ。

書棚を回っていると、大好きな佐伯泰英《さえきやすひで》の『古着屋総兵衛影始末』（新潮文庫）シリーズがあったので、それを手にして読み始めた。

まわりの友だちはあまりこの作家のことを知らないけれど、以前、たまたま見たドラマの原作者が佐伯泰英で、それをきっかけに本を読むようになって以来ハマってしまっていた。なぜか、若い女性に読者が多いと聞いて、なるほどなと思った。

佐伯泰英の小説は、図書館に行っても、いつも誰かが借りていて、シリーズ物なら第1巻から読めないことが多かった。それでも一番人気の『居眠り磐音《いわね》　江戸双紙』のシリーズは、全部読んでいた。

この小説は、とにかく面白かった。スーパーマンみたいに剣が強く、まっすぐで純真な性格の主人公が、美女たちに囲まれ、また江戸の庶民に愛され、そして藩や幕府のお偉いさんたちにも一目置かれている。

こんな人物になって生きられたらどれだけ人生スカッと楽しいだろうという作家の理想が描かれていて、それは読む者も同じ気持ちにさせてくれる。

もし、主人公の坂崎磐音《さかざきいわね》のような人がいたら、世の中の誰も放っておかないだろうなと思えた。

「自己啓発書というものがあるけれど、結局こういう人になればいいのだろうな」と漠然と考えた。

ただ、そこに書かれていないのは、「そういう人物になるまでの見えない努力であり、何をしたらよいかの具体的なこと、何を目指すべきかの見つけ方」だろうと思った。

「ある意味、そこがないから面白いのかもしれないけれど」と智樹は思った。

持っていたスマホで佐伯泰英の経歴を見ただけでも、「この人凄すぎる」とうなるしかなかった。

智樹と同じく九州出身で（福岡県北九州市）、映画の世界に憧れて日本大学芸術学部に学んでいる。30歳でスペインに行って闘牛やスペインに関連する小説を書いているが、どれも売れたことはなかったようだ。

1999年、つまり佐伯が57歳のときに書いた時代小説が、初めて重版され、そこから時代小説を次々と発表している。

先に挙げた『居眠り磐音 江戸双紙』（双葉文庫）がすでにシリーズ48冊目で、累計１８００万部、同じく「密命」シリーズ（祥伝社文庫）が全26巻、６３０万部など、シリーズものがざっと10本以上もある。大体、１冊30万部以上売れるなんて信じられない。全部で何冊売れたんだろう。

最近、『永遠のゼロ』（講談社文庫）が４００万部を超えたし、戦後一番売れた本として黒柳徹子の『窓ぎわのトットちゃん』（講談社）が挙げられてきたが（４００万部）、それに比べても凄い。

欧米の自己啓発作家がよく経歴に使う〝生涯何千万部〟というのを真似て、最近の同種の日本の作家も生涯何百万部と書いていたりするが、ちょっと数のレベルが違う。

何より智樹が驚くのはその佐伯の人生である。

外国で暮らし、その上本を書く。しかしその本は、人生の晩年近くまでほとんど売れていない――。

まだ22年しか生きていなくても、自分の夢を追い続けながら生活をしていくことが大変なことはよくわかっている。ただ単に食べていくだけでも疲れるのに……普通の人は佐伯のような人生は途中で挫けるに決まっている。

自分も、できたら佐伯のような情熱を一生持ちたい。今はまだ22歳だが、自分のやりたいことを見つけて、それに打ち込み、あきらめずに一生を追い続けるなんて最高だ。

自分の体の心配がふと頭を支配しそうになるけれど、佐伯の『古着屋総兵衛影始末第1巻』を読みつつ、そういったことを考えていた。


2時間ほど図書館でヒマをつぶして、病院の内科に行き、担当医師がいる部屋のドアをノックした。女性の看護師が出てきて、「どうぞ中にお入り下さい」と言った。

医師は、血液検査表を見つつ、一見いつもと変わらない表情のまま少し厳しい声で言った。

「白血球が少ない。すぐに入院しなくてはならないですね」

そこまで悪いと思っていなかった智樹は驚いた。

「ちょっと待ってください！　入院？　白血球が少ないってどういうことですか？」

智樹の問いに医師は静かに言った。

「白血病の可能性が高いということです」

「……白血病」

一瞬、頭が真っ白になった。あれ？　白血病ってどんな病気だっけ？　そういえば数年前に人気の女性歌手が白血病で亡くなったって、ニュースでやっていたような気がするな。

「この病院は部屋代が高いし設備も不十分だ。東大病院か慶応病院があるけど、どっちにする？」

医師はランチのメニューを聞くような口調で智樹に聞いた。

「東大病院でお願いします」

智樹はすばやく考えて、多分国立病院で高くないうえに、信頼できるのではないかという直感もあってそう答えた。

「すぐに、病院で精密検査をして正しく判断しなければならない。一旦家に帰って準備をしてから入院するという余裕はないよ。必要な荷物を誰かに持ってきてもらうようにして。東大病院の血液内科の教授は私の後輩だ。電話しておくから、すぐに行きなさい」

医師は感情を出さずに事務的に言った。

智樹はうなずいて、静かに病室を出た。

「入院かあ、バイト休むことになっちゃったな。力丸さんフォローしてくれるって言ってたけど、大丈夫かな？　あっ、今日、洗濯物干しっぱなしだった。着替えも誰かに持ってきてもらわなきゃいけないんだよな。こんなことなら、頑張って彼女つくっておけばよかったなあ」つき合っていた女の子はいたものの、半年前に別れていた。

重い病名を告げられたというのに、洗濯物の心配をしている自分が不思議だった。ドラマだと診察室で泣き出したりする人もいるけれど、意外と冷静なもんだなと驚いた。


病院を出てまず、アルバイト先の店長力丸に電話した。

「すみません店長、オレどうも白血病のようです。今から東大病院に行きます。緊急入院ってやつです。当分店で働けそうもありません、また、連絡しますね」

力丸が電話の向こうで驚いているのかわかる。心から心配している声だ。本当にいい人だ。いい人かどうかこういうときの反応で確かめられるんだなと、智樹は変なことに納得していた。

力丸は言った。

「まじかよ。白血病って大変な病気だろ。店のことより自分のことを心配しろ。実家に連絡したか？」

「まだです」と智樹は答えた。

「すぐ連絡しろ。今日は店があるんで行けないけど、明日、昼前には行くからな。東大病院だな。すぐに必要なものは何だ。彼女いるのか」

「いませんけど」

「だったら、オレが何とかする。あっ、お金いるだろ。例のごとく、オレ小金持ちで使うことないから、いくらでも貸すぞ。いくらでもっていうと大げさだけど、とりあえず明日100万円ほど持っていくから心配すんな。

何、お前のことだから、くたばるわけねえよ。いずれ就職したらお前は絶対に仕事で活躍できるよ。たくさんのアルバイト見てきたオレにはわかるんだ。だからオレも心配なんかしてないよ。とりあえず１００万円な。

いいか。実家に電話することと、これからはしばらく治療に専念だ。後のことは何とかなるもんだよ。お前のようないいやつを神様が見捨てるわけないじゃないか」

最後のほうは、涙声であった。

「店長、すみません。本当にありがとうございます」

と頭を下げた。智樹も少し涙声となっていた。


店長の力丸孝二と智樹は年齢はほとんど変わらない。しかしこの人は、すでに数年間社会で働き、いろいろなものを学んで身につけていた。

学歴はないかもしれないが、そんなことは関係ないと思った。智樹も、病気がよくなるかどうかわからないが、もし元気になったら力丸のように仕事で頑張って、まわりの人に信頼される人になりたいものだと考えた。

不思議とこのときは白血病が怖いとか、死への恐怖というのはなかった。ただ、社会に出て働くのが少し遅くなるかもしれないなということが気になった。

それより親だ。電話しなくちゃ。心配するだろうな。何とか両親を心配させないように言う方法はないもんかなとあれこれ考えたが、とりあえず母には、「入院して検査する。詳しいことがわかったら連絡する」とだけ言った。

びっくりして慌てている様子が伺えたが、智樹はすぐに電話を切った。あれこれ心配してもしょうがないと自分に言い聞かせた。

地下鉄銀座線青山一丁目駅から乗って丸の内線国会議事堂前駅で乗り換え、本郷三丁目で降りた。病気が何であるかわかったからなのか、あの黄色い社内風景は消えて、普通の色に見えた。

本郷三丁目の駅から10分くらい歩くと東大病院に着いた。

「ここが東大か」と初めて見る日本を代表する大学を見渡した。夏目漱石の『三四郎』は、自分と同じ熊本から上京してきた主人公のことを書いていたなと思い出しつつ、その名をとった「三四郎池」を、外出できるときにでも見に行ってみようと思った。

受付を済ませると、すぐにエレベーターで14階に連れていかれて、検査された。血液をとり、骨髄液をとられた。

若い医師見習いが二人、ああでもないこうでもないと、不安げに骨髄液のとり方を話していた。

先輩格の木山良治《きやまりょうじ》が、「骨髄液とりすぎたよ、一滴も残らなくなっちゃった」そして、「次は君にやってもらうからな」と後輩のインターン福島修《ふくしまおさむ》に言っていた。福島は「わかりました」と何だかうれしそうに笑顔で答えていた。

東大病院のインターンも、居酒屋バイトの見習いも、先輩後輩のやり取りは同じだなと思った。

しばらくすると主治医だという30代後半の藤沢研一《ふじさわけんいち》がやってきた。見るからに頭のよさそうな男で、頭部のうしろが大きく、少し出ている。「きっと脳がつまっているんだ」と智樹は思った。性格もとてもまじめそうで、細い目で笑う顔が純粋そうで好感を持てた。

「あなたの病気は急性骨髄性白血病ですね。

白血球が今のところ８００です。健康な状態は５０００とか、６０００、最低

３０００はあります。

これから化学療法というのを行います、

骨髄移植をしなければならない場合もあります。

骨髄移植は結構大変で、あなたの体に合う骨髄というのを見つけなければなりません。ご兄弟で合う人がいれば一番いいんですけど。

まあ、いろいろあって、そうですね、大ざっぱに言って統計的に生存率50％くらいですかね。

全力を尽くして治療します。頑張りましょう」

と細い目をさらに細くして、笑顔をつくって励ましてくれた。

「よろしくお願いします」と智樹は深々と頭を下げた。

「生存率50％かあ」と智樹はつぶやいた。

もちろん、医師の藤沢は、よくて50％ということを言ったので、世の中の人は、白血病というと、もはや助からないと考えていることを知っていた。

しかも、自慢じゃないが、智樹は賭け事に弱いし、好きじゃない。

くそ勇気があるというか、度胸は人に負けないものがあるが、勝負事に勝つということにあまりこだわらない。

何か、いつも負けるほうに力を入れて頑張る自分が好きなところがあった。

高校の先輩には、「出世しない典型的な奴。いつも偉い人や権力に食ってかかって討ち死にして、文句ばかり言って不器用に一生を終わるタイプだな、お前は」と言われていた。

そう言えば、高校時代にやっていたラグビーでも、強い相手に試合では負けたとしても、一対一での対決で相手のエース格をギャフンといわせるのが、一番楽しかったことを思い出した。

しかし、生死となると別だと思えてきた。

初めて死の恐怖というものを感じた。

自分の人生は、これからだと思っていた。

漠然と、世の中に出て、何か活躍して、やりたいことをやって、注目されるんじゃないかと思っていた。

「ちゃんとした恋愛もしていないし、まだ社会に出て働いてもいない」と思った。

これで終わってしまうのかなあ、と考えると悲しくなった。

それより、親が悲しむだろうなと思うと、目に涙が少し浮かんだ。体も少し震えているようだ。

そのとき、少し前に小説で読んだ特攻隊のことを思い出し、「特攻隊だったら、自分の命を役立てられるのに……」と思うほどであった。

多分だが、特攻隊で死んでいった人たちも、死ぬのはとてもつらいことだったのだろうけど、自分がこの世で役に立てるのだという充実感というのはあったのではないだろうか。

「自分も特攻に行けるぞ」と、今、変なことを考え、死の恐怖を乗り越えようとしていた。

看護師が二人来て、若いほうの看護師が「さあ、行くわよ」と大声で言った。

まあ、何とはっきりとした看護師さんだろう。しかも声が腹にズシンズシンとくるほど大きく迫力がある。顔はきりっとしていて目元がパッチリの美人だ。智樹の好きなタイプであった。

連れて行かれたのは最初は個室の無菌室だった。

この部屋には、医師も看護師も、もちろん見舞客も、ビニールの服と手袋を身につけなければならない。

「これ、いろいろ大変なのよ。でも検査が落ちつくまではここね。あなたは運がいいわよ。教授の知り合いからの紹介ということですぐに入院できて、すぐに個室で検査なのよ。入院待ちの人も多いんだから」

「今朝、たまたま診てもらった先生が、ここの教授の先輩だったらしいです。ボクは何も……。とにかくありがたいです。

あのー、ひょっとして看護師さん九州出身ですか、なまりが少しあるんでそう思ったんですけど……」

「私は、芳沢真由美《よしざわまゆみ》。22歳。福岡県出身。高校は東北九《ひがしきたきゅう》校。大学は熊本大学看護学部ね。だから2年で卒業して看護師2年目。そして一応あなたの担当ということになってます。

そういうあなたの出身はどこなの」

「えっ。東北九高って、芳沢さんってめちゃめちゃ頭いいんですね。文武両道の九州の有名校じゃないですか。

僕は、熊本は阿蘇の田舎出身です。今大学3年生。1年浪人しているから同い年ですね。

九州かあ。うれしいな。しかも熊大卒だなんて。一つ質問していいですか。どうして芳沢さんはそんなに声がでかくて、しかもよく通るんですか」

「大きな声で悪かったわね。ここの病棟はね、おじいさん、おばあさんが多くて、このぐらいの声じゃないとわかんないことが多いのよ。というより、中学、高校と剣道で鍛えられたからね。それが一番の理由だわ、きっと。でもそんなに大きいかなあ」

「東北九高の剣道部。恐《こ》えー。こりゃ悪いことできないね。こんなに可愛い顔してると相手も油断して一本とられちゃうね。あっ、いや、面をかぶるし、相手も女性だし、関係ないか」

「片岡さん……ああ、もうめんどくさい。智樹君と呼ぶわね。智樹君、あなた、そんなうまいことばかり言っていると、九州男児の名がすたるわよ。先日亡くなった私の学校の先輩の高倉健さんを見習いなさい」

「あっ、知ってる。聞いたことがある。昔CMで〝男は黙ってサッポロビール〟と言うんでしょ。聞いたことある。でも、古いなあ」

「残念でした。それは三船敏郎。健さんは寡黙な男というのがイメージで、昔、中国でも健さんブームで無口な男がもてた時代もあったらしいわね。

この病棟に入院中の患者さんで、高原昇さんというおじいさんがいるんだけど、その人からの受け売りだけどね。あっ、その高原さんは、大会社の社長もやっていたという人で、何でも知っているし、尊敬できる人でね。しかも、うわさだと私たちが想像できないほどのお金持ちらしいわよ。今度会って、いろいろ教わるといいわ。片岡智樹22歳。もうすぐ社会で大きく羽ばたいていくんだからね。早く、病気治して元気になるのよ。

そうそう、その高原さんも九州は佐賀の出身よ。でもやっぱり無口とは違うようだけど」

「何だか、おねえさんだな。同じ年なのに」

と言いつつ、智樹は、この人と話をしているだけで、白血病だとか、生存率50%とかということが不思議と心配ではなくなってきた。声は大きくて気が強いけれど、〝天使〟のように思えて、元気が出てきた。

そして思い切って聞きいてみた。

「あのう、僕の病気治りますかね」

「何、馬鹿なこと言ってんの、ここは東大病院よ。世界有数の施設と医師、そして、私たち美しき（ゴホン）、いや、優秀な看護師たちが看護するのよ。あなた、治らないわけないでしょ。まったく心配性なんだから。あとは患者であるあなたの心一つにかかってんじゃないの。

本当は、こんな事言っちゃいけないけど、もちろん死ぬ人もいるのが現実。でも、私はね、必ず病気を治して退院してくれると信じている。そう思って仕事してんのよ」

「いや、ごめんなさい。こんな女性初めてだな。僕、尊敬します。よろしくご指導、ご鞭撻お願いします」

「ちょっと尊敬するなんて言わないでよ。高原さんに会ってからそんな言葉使ってほしいわ。まったく調子いいんだから」

そう言って芳沢真由美は部屋から出て行った。

何か凄い1日だった。死ぬかもしれない病気になったかもしれないけれど、これは神様が与えてくれた、本当の人生の喜びとか、生きることは何かなどを考えるための大きなチャンスなのかもしれないと思った。そして、変だけど入院生活がとても楽しみになってきた。芳沢真由美という看護師に会って、死の恐怖がどこかに消えていったようだ。

人生には出会いが待っている

入院して2日目の朝、目が覚めた智樹は病室にいる自分に、「あっ、そうか、オレ白血病になったんだった」と思い出した。

昨日からいろいろあったことを思い出した。

「死ぬときゃ、死ぬさ。だけど病気に負けてたまるか！」

と、智樹は自分に言い聞かせた。

父親のおじさんは、田舎でもずば抜けて優秀な人だったらしいけど、自分と同じ歳のころ、いわゆる特攻で死んでいる。隣の県にある知覧に行って、特攻基地跡や特攻記念館を見学し、残した隊員の遺書を読んだとき、果たして自分はこうして死ねるだろうかと考えた。

そのときはよくわからなくて、結論は出なかったけれど、志願して特攻兵になったというおばあちゃんの弟の大おじさんの気持ちが、今は何となく自分も理解できる気がした。オレって古いんかなあ。そう言えば、田舎のおばあちゃんを案内して九段にある靖国神社に行ったこともあった。

ただ涙を流して、何も語らないおばあちゃんだったが、一度だけオレの顔を見て言った。

「ちょうど、あんたくらいのときたい。茂利は死んだとばい。遺書には『お父さん、お母さん、そして妹たちを守るため、お国を守るため茂利は見事敵艦を沈めて、死んできます。22年間ありがとうございました。次もし生まれるとしたら、お父さん、お母さんの子どもとして生まれたいです。もちろん妹たちも一緒です。茂利は本当に幸せでした。たまには靖国神社に来て下さい。東京見物もして下さい』とあったとよ。

お母さん、つまりあんたのひいばあちゃんは、ついに靖国神社に行けなかったけど、靖国神社に来れて、私ももうお母さんや弟の茂利のところにいつ行ってもよかごとなった。

ただ、お嫁さんもらって欲しかったなあ。智樹ちゃん、あんた絶対、早よ結婚せんといかんばい」

「何《なん》言いよると、オレまだ22歳になったばっかりばい。やることいっぱいあると。だいいち彼女もおらんし」

と智樹は言い返したが、祖母のちずえはただ泣くばかりで、とてもそれ以上何か言える雰囲気ではなかった。

そんなことを思い出しつつ、昨夜母の千鶴子《ちずこ》に電話したときに大変だったことも思い出した。

「あんた、白血病って、すぐ死ぬ病気やろ。女優の夏目雅子さんやら、本田美奈子さんやら死んだ病気やろもん」

と言い、あとは泣いて何を言っているのかわからなかった。

「あのね、お母さん、この病気はみんな死ぬとは限らんと。お母さんの言うのは、死んだ芸能人ばっかりだけど、俳優の渡辺謙もそうたい。元気にドコモのコマーシャルに出とるやろ。あっ、そうそう、熊大出の看護師さんがいてね、オレ大丈夫に決まっとるやろと言いよったよ。だから大丈夫たい。心配せんのき」

智樹は、「ちょっと美人で、いい子なんだ」と言おうとして口をつぐんだ。言うのをやめておこうと思った。こんなこと始めてだった。思ったことは何でも母の千鶴子には話してしまうこれまでの自分だったが、なぜか口にするのをやめた。

そして続けた。

「すぐに上京して、病院に来なくてもいいけん。今は検査ばかりやし、落ち着いたら連絡するよ。そのとき、『黒糖ドーナツ棒』買ってきて。馬刺しは生やけん食べれんと」

こうして、すぐ上京するという母親を何とかなだめた。

しかし、あの調子じゃいつ来るかわからんなとは思った。

「おはようございます」と大きくて、張りのある声がして看護師が入ってきた。

もちろん、この声の主は芳沢真由美である。

「相変わらず元気っすね。しかも声でかいし」

「悪かったわね。智樹君こそ若いんだから『おはようございます』って、あいさつされたら、その倍の大きさと元気さで『おはようございます』と返さなきゃ。何が『声でかい』ですか。はい、熱測って。

36・5度。よし平熱。ここは個室だからいつでもシャワーOK。携帯電話も自由よ。知ってるだろうけど。でも、近いうちに相部屋に移ることになると思うけど。そこでは、室内での電話は基本的にだめよ。メールはもちろんいいけど。そして消燈は9時、起床は6時。何か聞きたいこと、頼みたいことある?」

智樹は、芳沢真由美の話を聞いているだけで愉快で心地よく、ずっと彼女の姿を見ていた。

「ちょっと、あなた聞こえてるの?　耳も悪いの?」

智樹は慌てて、口を開いた。

「芳沢さん、やっぱりとんこつラーメンがお好きですか。あと、野球はやっぱ、ソフトバンクホークスのファンですか?」

「何それ。白血病患者が看護師にすぐ聞くことかしら。私は、もちろんとんこつラーメン派、でもサッポロラーメンや昔風のあっさり東京風ラーメンも好きよ。とんこつでは、熊本の桂花ラーメンより一蘭などの博多ラーメンがいいな。一番好きなのは、長浜のラーメン。野球は、ソフトバンクホークスに決まっているでしょ。ムネリン（川崎宗則）がアメリカ大リーグに行ってしまってから淋しいけどね。熊本の人は川上哲治以来、ジャイアンツファンが多いらしいけど、智樹君もそう？」

「オレは、ダイエー時代からのホークスファンです。柳田悠岐なんて最高じゃないですか。性格は天然で、パワーがあって。でも人生って面白いですね。柳田って高校で通算11本しかホームランを打っていなくて、大学では中央大学の野球部に入部できなかった。でも今や、日本を代表するホームランバッターとして期待されている。この間の日米野球でも大リーグの連中がそのパワーにびっくりしてたでしょう。

ついでにラーメンについてひとこと。ボクの好きな〝じゃんがらラーメン〟は、博多ラーメンと思っている人が多いけど、実は創業者は熊本の人。信念にもとづいた学習塾経営を助けるために始めたのが、このラーメン屋だったとか。

それまでの東京のラーメンや北海道の札幌ラーメンなど全国のラーメン屋にとんこつ味もおいしいと教えた先駆者ですよ。博多ラーメンとか熊本ラーメン、薩摩ラーメンという枠を超えたラーメン新時代の幕明けに一役買ったんですよ。大したもんです。

今では、とんこつを使った新しいラーメン屋が全国いや世界に新しい味で次々と登場している。日本人の改善力というやつですね。最後の〝改善力〟というのは、バイト先で会ったビール会社の役員の人の受け売りの言葉ですけど」

「智樹君若いのに『人生面白い』って。まあ、そうだと思うけど。

これも患者さんの受け売りだけど、大リーグで40歳にもなるのに大活躍の上原浩治投手も高校時代は補欠で、大学入試にも失敗して、1浪して大阪体育大に入ったのよね。どうも先生になりたかったらしいわね。

それが、あれよ、あれよという間に伸びて、プロに入ってジャイアンツでエースとなり、大リーグにまで行ってずっと活躍しているなんて。

高校のときに補欠で、大学でまた野球をやろうなんて普通思わないわよね。

もちろん、その上原投手だってまだ40歳。考えようによってはまだ人生の半分しか生きていない。これからよね。

スポーツといえば、智樹君、あなたは何かやってきたの？　人の話ばかりして」

「オレは高校時代ラグビーをやってたんだ。熊本では強くて花園（全国）に出たけど1回戦でぎりぎり勝って、2回戦で福岡の東福岡に85対0で負けたんだ。そのとき思ったよ。これが同じ高校生かって。でもそのとき『この野郎、人生では勝ってやるぞ！』と訳のわからないことを頭の中で叫んでた。それくらい一方的にやられて、試合中後半からずっと泣いていたんだ。

芳沢さんの東北九高は、ラグビーも強いけど、福岡県予選で最近いつも東福岡にやられてるね」

「最近はね。だけど、いつも歴史は変わっていくものよ。いくら強くたっていずれ弱くなるし、弱くたって、努力していれば必ず強くなるのよ。

私が出た東北九高なんて昔はすべて全国レベルだった。今でもそれなりに頑張ってるけど、やっぱり新興チームになかなか勝てなくなっている。

でもそれでいいんじゃない。高校時代なんて、一時のことよ。もちろん大切な時期だけど、20代からの人生のほうがずっと長いんだから」

「そう言うけど芳沢さん。オレたちまだ20代になったばかりで、何もわからないじゃないか」

「あなたはまだそうかもしれないけれど、私は、社会に出てからの2年間だけでも70代、80代の人をたくさん見てきたわ。

みなさんおっしゃるのは『人生あっという間』だってこと。20代過ぎるのもすぐだって。

でも20代で何をやるか、真剣に何を学び身につけるかで、30代、40代それ以降の人生が大方決まるそうよ。だから智樹君も、早くよくなって頑張んなきゃ」

そんな芳沢真由美の励ましともとれる言葉を聞いていると、ドアをノックして入ってきた男がいた。

「よっ。片岡、大丈夫か、石橋だよ。着替えやハブラシ、そしてお前の好きそうな本持ってきたぞ」

高校時代からの親友、いや保育園からの腐れ縁、石橋伸一《いしばししんいち》だった。ビニールの防菌服と帽子を身につけているので、一瞬誰かわからなかった。

昨日電話して、下宿に行ってもらい、とりあえず必要なものを持ってきてもらったのだ。

石橋は、高校のときは同じラグビー部だったが、智樹とはまったく違うタイプのプレーヤーだった。

智樹はフォワードのフランカーで、人とごつごつ当たってボールを奪い合うのが好きだったが、石橋は、人のいないところをちょこまか走り回って、相手のスキをねらってトライして目立ちたいタイプだった。女の子にモテたし、プレイボーイでもあった。

勉強も要領がよくて、現役で慶応の文学部に入ったけれど、アルバイトで六本木のキャバクラでボーイをしているうちに、何を思ったか、大学をやめて、しばらく地元でトビ職をやっていた。

ところが、再び勉強したくなったのか、今度は昼間、小さな広告代理店に入って働きながら、夜、早稲田の第二文学部に通っている。今はその2年生である。半分社会人、半分大学生の面白い男で、その正直な性格が智樹は好きで、ウマが合った。

「びっくりしたよ。お前が白血病になっただなんて。仕事は直行すると言ってお前の下宿行って、めぼしいもの持って来たよ。おふくろさん心配したろ。でも、お前のことだから、とにかくあきらめることを知らない性格だから、こんな病気に負けるわけないいたい。

おっ、この美人の看護師さん、担当の方？　東大病院って六本木よりレベル高いばい」

芳沢真由美は、「ニコッ」と笑って「じゃ、失礼します」と言って部屋から出て行った。

智樹は、「相変わらず、失礼な男だな。いつもの悪いクセで誘ったりすんなよ」と怒ったように言った。

「あれっ。お前、あの看護師さん、好《す》いとうと。友だちの好きな人に手を出すなんて私には絶対ありえないことですよ」

「お前のその言葉くらい信用できんことはないいたい。別に、芳沢さん、俺の彼女でもないし。でも、絶対変なことすんな」

「わかったよ。私や、お前のおふくろさんがわりに、着替えを持ってきたり、洗濯をしたり、雑用をやってあげるだけなんだから。感謝せないかんじぇ」

「それはそうと、この病気の治療は長期戦になるようだから、いいチャンスだ。オレもお前に負けずに本を読んで、いろいろ考えて、他の患者さんにいろいろ話を聞いて、自分が生まれ変わるくらいになりたい。オレは絶対によくなって、何かオレに一番向いている生き方を見つけて、頑張りたい。だから、すまん。いろいろ本など頼むけどよろしくな」

「まかせとけ。こう見えても一応昼間はサラリーマンだ。オレの飲み代は全部お前の本代に変わる。その代わり、病気がよくなったらしっかり働いて、そんとき返してもらおう。いや、女の子紹介してもらうだけでもいいけど」

　相変わらずよくしゃべる男だが、本当は心の中は熱く、とても純情であることを智樹はよく知っていた。石橋は将来、作家になろうと思っているらしい。将来きっと熱くて、ためになる作品を書くようになると信じている。

　入院して４日目、主治医を助ける立場の若い医師である木山良治がフラっという感じで病室に入ってきた。木山はひょうきんな性格のようだった。

「抗ガン剤始めて2日目だけど、調子どう？　しかし、本当に君は強いね。白血球がこれだけ少ないと普通の人はぐたっとベッドに寝てるだけだよ。何だか、本当に病気なのかって思うぐらい元気だね」

「ありがとうございます。カラ元気です。でも早くよくなって、何かしなければと思うと、じっとしていられない気分です。それとしゃきっとしていないと芳沢さんに怒られますから」

と智樹は頭をかいた。

「ハハハ。芳沢さんね。あの人には私もいつも気合い入れられていますよ。どっちが医者かわかんないくらいに、私のほうがもうぺこぺこって感じだよ。それはそうと、片岡さんの骨髄液検査の報告が来てね。ＮＰＯ法人の成人白血病治療共同研究支援機構ってところの検査報告書だけど、白血病の治療を進化させようと研究しているところなんだ。

報告によると、どうもラッキーなことに片岡さんの悪くなった遺伝子を調べていくと、骨髄を移植しなくてすむタイプであることがわかったんだ。この分析も最近の研究成果の一つだね。だから今の化学療法、抗ガン剤治療でしっかり治療するときれいに治るはずだよ。よかったよ」

木山の説明を聞いて、智樹はもちろんうれしいと思ったけれど、どこか、当然自分は、何があろうとも病気に負けないと思い込んでいたから、「あっ、そうですか」というだけの反応だった。これも芳沢真由美の洗脳効果だったのかもしれない。

木山は、「何だか普通だな。もっと喜んでくれよ」と言った。

「いえ、うれしんです、ありがとうございます」と慌ててお礼を言った。

しばらくすると、芳沢真由美の、いつもの元気でよく通る声が聞こえた。

「智樹君、よかった。移植手術しなくてもいいらしいじゃない。あとは抗ガン剤頑張ろうね。まあ、うまくいくに決まってるけど。あっそうだ。午後から部屋移ってもらうから。１４５３号室ね。二人部屋よ。もう一人の人は、前にお話ししたことある高原さん。智樹君ツイてるわよ。この方に、いろいろ聞いて勉強しなさい。ついでに、担当看護師はそのまま私。高原さんも担当がちょうど私だったし、よかったわ」

「やっと、個室から解放されるんだ、もちろん今度から無菌室じゃないだろうから、芳沢さんも少し楽になるね。ちょっとその怖い顔がさらにムキ出しになりそうだけど」

と智樹はうれしさもあってからかった。

「何が怖い顔よ。ホントに口悪いわね。女性への口のきき方も高原さんに習ったほうがいいわよ」

と芳沢真由美は少しむくれた顔をした。

そんな彼女の顔を見て、智樹はやっぱり、この人素敵だな、かわいいな、いつも話していたいな、と思った。こんな気持ち、今までの人生でなかった。

人には相性、フィーリングという、理屈ではない、心の感じ方、魂の共鳴というものがあるのだと思う。その人に会ったとき、自分がいい方向に進むために頑張ろうと思える何かが。

オレは絶対、この芳沢真由美という女性とつき合っていくぞと心に決める智樹だった。

午後になって智樹は部屋を移った。智樹がベッドの上にいるまま、看護師長の上野すみ子と担当責任看護師の芳沢真由美の二人がベッドを動かしてくれた。ベッドには車がついていて、フックをはずすとそのままで移動ができた。

「王様の気分で、何もしないでふんぞり返っててね。私たちがお連れするから」

と師長の上野すみ子が笑いながら智樹に言った。

「いえ、師長さんと芳沢さんに動かしてもらうんですから、ベッドの上で正座してます」と智樹はまじめな顔で答えた。

「ははーん。こりゃ芳沢さんにしっかり教育されてますね」

と上野が言うと、芳沢真由美は、

「教育だなんて、師長さん、私がそんなことできるわけないじゃないですか。いつも笑顔で患者さんの不便がないように、ハイハイとご要望を聞いてるだけです」

と言った。

師長の上野は、

「そんな大きくて通る声だと『ご要望を聞く』というより『しっかりご指導してます』って言ってるようだわよ」

と言い返した。

智樹も「はい。師長さん、いつもご指導、ご鞭撻、感謝してます」と芳沢のほうを見て、おびえた顔をつくって言った。

「もう」とちょっとふくれた芳沢の顔を見て、師長の上野は「ハッ、ハッ、ハッ」と豪快に笑った。

こうした明るさが、病院で看護師たちを束《たば》ねる師長として信頼を得ているところなんだろうなと智樹は思った。

1453号室に入ると、

「高原さん、今度入る片岡さんです。よろしくお願いしますね」

とよく通る声で師長の上野が部屋の奥側にいる患者の高原に紹介した。

智樹も「よろしくお願いします」と正座して頭を下げた。

芳沢真由美に、高原のことを凄い人だと聞いていたこともあって、智樹は、太っていて脂ぎった金満家《きんまんか》の老人をイメージしていた。

しかし、高原は白髪でやせていた。そしてその辺で日なたぼっこをしているヒマな老人が、人が好さそうにニコニコしているように見えた。人は見かけだけではわからないんだと思った。

高原は、新たに紹介された茶飲み友だちに対して向けるような優しい笑顔とともに、

「ようこそ、こちらこそいろいろ迷惑をかけるかもしれないが、よろしく頼みます。おー、若いな、片岡さんいくつ？」

としっかりした口調で聞いてきた。

「ハイ22歳です。現在大学3年生。就活中です」

「大学3年生か。22歳というと、芳沢さんと同い年だな。君のほうがずいぶん若く見えるがね」

看護師の芳沢真由美は、すぐに割り込んできて、

「すいませんね、老けた顔で。苦労していますからね。片岡智樹さんは、まだ大学生で親のスネをかじってますから、若く見えるんです。二人の責任看護師は私で、三人とも九州出身です。仲良くしましょうね」

「おっ、片岡君も九州か、九州のどこね」とたずねる高原に、「熊本です、阿蘇の

あたりです」と智樹は答えた。

「阿蘇かあ。もう何十年と行ったことないな。また行きたいなあ。湯布院温泉にも入りたいなあ。若いころに友人たちと遊んだ記憶がある。久住《くじゅう》でキャンプして、キャンプ場近くの店でカレー用の肉を買ったら野生のウサギの肉でびっくりしたよ。でもおいしかった。生き延びたら、ウサギ肉のカレーをまた作って食べたいな」

高原は昔をなつかしむような顔をしてつぶやいた。

「私ももう85歳だ。正直、この病気になり、かなり厳しいのがわかっとる。でも、人生思い残すことがないほど、自分を出しきってやってきた。あとは、あなたたち若い人に頑張ってもらって、この日本をさらにいい国にしてもらいたいと思ってるよ、頼んだよ。片岡さんに芳沢看護師」

すると看護師の上野すみ子は、

「あれっ、私は？　もちろん高原さんも、まだまだ頑張ってもらわなければね。私もまだ47歳、小娘ですからね」

と笑いながら言った。

「そうですよ、高原さん。今は１００歳でも現役の人はいくらでもいます。聖路加病院の日野原重明先生も１００歳過ぎても第一線で仕事してらっしゃるようですよ。二人とも早くよくなって下さい。高原さん、この片岡さんはラグビーをやってたそうです。きっと、地元の野ウサギをタックルして捕まえるのが得意ですよ。またウサギカレー食べに行きましょう」

と芳沢真由美が例の大きな声で言った。

智樹は、

「人を猟犬のように言って。野ウサギって捕まえるの難しいんだから。山で追いかけても必ず逃げられたよ」

と反論した。

「おうおう、ラグビーか。私も学生時代にやってたよ。当時は東大も強くて、早稲田や明治といい勝負をしていた。今は帝京が強いのか。帝京とはやったことないな。私はフッカーだった。そんな重くもないくせに､足が遅くてね。しかし、スクラム中での駆け引きはうまかったな。

卒業してからもずっとスクラムの中で、ああでもない、こうでもないと駆け引きしてきたような気がするな。片岡君は見たところフランカーじゃないか。その闘争心あふれる目でわかるよ。バカ正直に、まっすぐぶつかり、何が何でもボールを敵から奪う人だ」

「えっ、その通りです。どうしてわかるんだろ。フランカーです。高原さん、東大ラグビー部ですか。凄いなあ」

と智樹は尊敬したような顔で言った。

すかさず看護師の芳沢真由美が言った。

「この高原さんはね、世界的企業ＤＩＤ（ディッド）の社長さんだったのよ。世界中にいっぱい会社をつくって成功して、大金持ちなんだから。何でも知ってんだから。智樹君いっぱい高原さんから学びなさい」

高原は少年のような恥ずかしそうな顔で言った。

「いやいや、大したことないさ。私は養子だからね。二代目の子どもの娘とお見合い結婚をして、40代で三代目社長になっただけだよ。

大学出て、今は無き、できたばかりの日本長期信用銀行に入って、アメリカにいわゆるフルブライト留学して、帰ってくると、すぐに養子となってＤＩＤに入った。

　私の業績というのは、単に国内有力メーカーの一つにすぎなかった会社を、総合化学企業グループとして、世界に進出させて、Ｍ＆Ａもくり返して、世界企業にしたことだった。

　でも、ほとんどは、留学時代に友人となった奴らが、世界中で活躍していたから、彼らの協力でできたようなものだったのさ。私自身の力なんて大してなかったよ」

「えっ、あのＤＩＤですか。じゃ、今は会長さんか何かでしょう。言っちゃあれですけど、何で個室あるいはこの階にあると聞いた皇室を始めとするＶＩＰたちの部屋にいないんですか？」

　と智樹は遠慮せず聞いてみた。

「いろいろあってね。いくら世界企業にしたといっても私は養子だったからね。養父の会長もそのときはまだ元気で、もう一度大きな会社でいい気分になりたかったんだろうな。

　もう十数年前に引退して、ただの老人さ。

年をとったり、第一線から退くというのは淋しいものさ。会社でも銀座のクラブや赤坂料亭でも昔のようにちやほやされない。会社の経費だって思うように使えない。秘書や社用車にも制限がある。

私は、まったくそうしたことに興味がないし、正しいと思ったことはズバズバ言うし、実行する。お金だって少々貯まったものがあるが、そんなに使う気もしない。片岡さんも同じニオイがするなあ。病室だって、相部屋で、他人と話せたほうがずっといい。楽しいじゃないか。個室はつまらない。

ここ東大病院は、相部屋といっても二人部屋もけっこう多い。こうして、あなたのような元気な人と一緒の部屋になれるとは、やっぱり私は運がいい」

と笑った。そして続けて言った。

「それはそれとして、義父や妻、しまいには息子たちまでとも、どうもうまくいかなくなった。

しょせん人間は一人だよ。社長を辞任して、好きなことをやろう、勉強して第二の人生だと、一人で家を出た。

世界中のグループ会社の社長、特にアメリカＤＩＤの社長は留学時代からの親友でね。マイクと言うんだけど、マイクが、実はアメリカの資本は全部持っているし、今やアメリカＤＩＤは本社より稼いでいる。

彼はアメリカのゴールドマン・サックスと仲がよくて、いっそのこと日本のＩＤを支配しようと提案してきた。実質的な乗っ取りだな。私じゃなきゃ嫌だと言うんだよ。私個も、ざっと数千億円は手持ちのお金が動かせる。あまりに熱心なので、それも面白いかなと思っていたら、この病気になってしまった。

最初は、私の会社とつき合いの深いＫ大病院の特別室に入って治療していたんだけど、何だか監視だな、あれは。それで一応治療をして、退院して、数年後に再発してしまった。

マイクたちには申し訳なかったけど、もう企業経営は無理だし、第一、もう興味はなくなっていたしね。

今は、会社や家とは縁を切りたいので、こっそりこの病院に入っている。もちろん遠くから監視されているとは思うけど。

もう義父は死んだけど、その子飼いの連中が今の会社を仕切っているからね。まあ、世の中はいろいろあるよ。だから楽しんだけどね」

と、高原は笑った。

智樹はびっくりして言った。

「資産数千億円！　よくわらかないけれどＤＩＤって連結売上が何兆円という企業でしょ。グループ社員も１万人以上いるんじゃないですか。そんな会社の元社長さんが、僕なんかと同じ病室でいいんですか？　まあ、僕のバイトしていた安居酒屋に、よく政治家の大沢一郎もふらりと若い秘書を連れて来ていましたけど」

「大沢か。あいつはそれこそもう老害だな。私より一回り若いけどね。

彼が自民党で大きな顔をしていたとき、『日本改造計画』なんて本を偉そうに書いていたな。ほとんど学者とか新聞記者に書かせたものらしいけど、英訳してアメリカなど世界でも売れた本だ。

あいつが50歳前後のころ、私も社長で生意気でね。こいつぁ将来、日本を潰しかねない男だなと思って、パーティーなんかで会ったとき嫌味を一発かましてやったけど、ありゃ食えんわ。国のことや国民のことより自分の存在を高くすることしか考えておらんかったよ。

だいたい人間ちゅうのは誰が上とか下とかない。それぞれ与えられた場所で、期待してくれた以上のことをやろうとする人間であるかどうかが大事なんだ。自分のことしか考えられないやつはそれまでだね。たとえ22歳の若者であろうと、自分の目の前のやるべきことを一生懸命やって。まわり人のことを考え、国のことや世界のことも考えていこうとする、そんな人間のほうがどれだけすばらしいことか。

いいか、片岡さん、芳沢さん。私は、もうただの老人、一書生だが、大学生のときの気持ちをそのまんま持って生きてきた。今の片岡さんのような気持ちで生きてきた。途中、会社の社長をやったときも、同じだった。一生懸命同じ気持ちで頑張った。

まわりを見てみると会社の幹部や、他の会社の社長、あるいは、官庁の人間などの中には自分が偉いと錯覚してしまっている人がいたのも事実だ。こんな人間は、志を持った無名の一個人よりも劣る人間だと思うよ。

幸か不幸か、日本人の場合は、だいたいみんな同じレベルの人たちで、社会の階級なんてない。片岡さんたちはまだ若くて、日本の外のことをよく見ていないかもしれないけれど、外国はだいたい階級社会だ。表向きは平等とされているがね。

まあ、日本では、せいぜい東大卒の官僚とか、一流会社の社長、役員とかでいばっているやつがいるかもしれないけれど、可愛いもんさ。自分が笑われているよ。私はアメリカ人やイギリス人、フランス人の友だちができて、一緒にビジネスをやってきたこともあるが、彼らは、自分たち欧米人中心の世界にいて、正論を言って対等にやろうとしてきた日本という国とも、面倒くさいけどいかにうまくやって利用していくかを考えていたんじゃないかね。

今は、中国人も利用しようとしているけれど、中国人はやっぱりアジア人的だね。でも日本人は特殊だ。典型的アジア人とも大きく違うし、もちろん西欧人でもない。何をやるかわからない純情でまっすぐな民族だ。ひたむきに勉強して仕事をする変な人種だ。要するに片岡さんみたいな国だ。

これから世界はどうなるかわからないが、日本があるかぎり、頑張って消滅しないかぎり、世界も結局いい意味で影響を受けていくんじゃないかな」

智樹は、自分が日本みたいだなんて、しかもこんな凄い人に言われて、驚くとともに、とても感動していた。

「高原さん。よくなって、また日本のため、いや、世界のために活躍して下さい。

私も高原さんにしがみついて、端っこの先のほうでついていきます。勉強したいです」

と言った。

「そうよ。高原さん85歳なんてまだまだ。これからよ」

と芳沢真由美も言った。

「こんな可愛くて素敵なお嬢さんに『まだまだこれからよ』と励まされると、うれしいね。よーし、やるぞと思うよ。まあ、生きている限り、何歳であろうとも全力でやるべきことをやる。それが最高の人間だと言ったしね。ありがとう芳沢さん」

とうれしそうに高原も笑って言った。

本当の成功とは

智樹は入院してから10日ほど経ったが、急に、体から精気が抜けたようで、元気が出なくなった。

看護師の芳沢真由美によると、化学療法で血液中の白血球が極端に下がっていったためだとのことだった。通常人なら5000とか6000ぐらいあるという数値が、今は、100くらいしかないそうだ。

抵抗力が弱まっていたため、アイソレーターというビニールで覆われた大きなかごのようなケースがベッドにつけられ、智樹はその中にいた。

食事もすべて加熱食で、生のものは食べてはいけなかった。第一、食欲が落ち、何を食べてもおいしくなかった。

そう言えば、入院する1週間ほど前からは、あれほど好きだったとんこつラーメンを食べてもおいしくなかった。血液、白血球の働きというのは偉大なものなのだということを知った智樹であった。

智樹は白血球の数値が下がっているせいか、もうろうとしていた。熱も39度を超えていた。

夢の中で、智樹はなぜか為替相場をやっていて（民主党政権から自民党の安倍晋三政権になるということで、必ずすぐに円高から円安になり株価も急騰していくということを高原から聞いたせいか）大儲けをしていた。

その儲けたお金の全部を使って、東大病院A棟中の患者さん全員に、ウナギの蒲焼を、野田岩という麻布の名店から届けてもらっていたのだ。

「やっぱり、ウナギは旨い」

と食べていたら、お腹いっぱいになって、トイレに行きたくなった。トイレで思いっきり力を入れたところで夢がさめた。

どうも下半身がおかしい。すぐにナースコールを押した。

芳沢真由美と仲がいいという看護師の西尾千恵子が走ってきて「どうしたんですか」とたずねた。

「下半身が変なんです」と智樹は答えた。

「大変、下血している！　ちょっと待ってて」

と言って、他の看護師二人を呼んで処置してくれた。

「よかった。芳沢さんが非番で。とても見せられた姿じゃないな、こりゃ」

と智樹は思った。

そして医師の木山良治も来た。

「抗ガン剤が効きすぎて、胃か腸がやられたらしい。しばらく絶食して、内視鏡検査でよくなってから流動食ですね」

と言った。

「すみません。ご迷惑をかけてしまって」

と智樹はわびた。

「いやいや、抗ガン剤の影響がどう出るか人によってまったく違うんで。私たちにもわからないこと多いんだよ。脳をやられたり、しゃべれなくなる人もいないではない。歩くのが難しくなるという人も多いんだ。片岡さんの場合、こんなに体力があるのに抗ガン剤には弱いのがわかったよ。これから量を減らす治療にしていかないとね。その代わり治療回数は増えるかもしれないよ」

と木山は優しく言った。


しばらくして落ち着いたころ、智樹は、隣のベッドの高原に向かって言った。

「ごめんなさい、お騒がせしてしまって」

と、夢の中のできごとを正直に話した。

「ハハハ、もうすぐ、土用《どよう》の丑《うし》の日だからな。でも、為替で儲けて、全部使ってみんなに〝野田岩〟のウナギをおごるというのが君らしくていいじゃないか。まあ、安易に相場には手を出さないほうがいいけど」

「はあ、そんな気はないんですけど。バイト先の店長に赤坂の〝ふきぬき〟というお店で、一回ウナギをおごってもらったら、とてもおいしくて。野田岩は店長からおいしいぞって聞いていたのですが、まだ行ったことはないんです」

と智樹は頭をかいた。

「〝ふきぬき〟って、〝ひつまぶし〟がおいしいところだな。名古屋の名物ひつまぶしを大正時代、東京で始めたところだね。野田岩もいいけど、赤坂に〝重箱〟ってお店があってね。財界人や文化人というか年寄りの有名作家がよく来ていたね。あっ、そうそう、海軍出身の小説家阿川弘之。今は阿川佐和子の父親って言ったほうがわかるか。その阿川さんが、天皇の教育係や慶応の塾長を務めた経済学者の小泉信三を接待したときの失敗談を書いていて面白かったよ。

阿川さんは、ウナギが大好きで、もちろん小泉さんだって好きだったと知っていたから招待したはずなんだが、会席も終わりに近づいてきて、ふと見たら小泉さんが蒲焼きを残したままで手をつけられていない。これはきっと小泉さんがご高齢で油っこいウナギの蒲焼は食べないのかと勝手に思ったそうだ。

多分、自分の食べたいという欲のために都合よく解釈したんだろうけど、『すみません』と言って、小泉さんの前に置いてあった蒲焼をペロっと食べてしまったらしい。

でも、さすがに紳士で人格者の小泉さんは、何もなかったような顔で話を続けたそうだ。

翌日になって、阿川さんは、どうも気になってしかたがない。本当は、小泉先生、最後に食べようとして残しておいたのではないかと。

そこで、電話して小泉さんの奥さんに聞いたらしい。『先生、怒ってませんでした?』と。すると奥さんいわく『ええ。小泉、怒ってました』と。さすがの大人格者の小泉さんも怒っていたらしい。食べ物のうらみは恐ろしいというやつさ」

智樹は笑った。前に読んだ『山本五十六』の著者で大作家の阿川弘之さんでもそんな子どものような失敗をするのかと思うとおかしかった。

「高齢になってといえば、一度、店の女将さんと親しい高条さんというビール会社の相談役の人に、六本木の浜藤《はまとう》というお店に連れていってもらったことがあります。天然のふぐを食べたのはその一回だけです。とてもおいしかったですよ。高条さんは、私がバイトをしていたチェーン店のオーナーが居酒屋を始めたときに見込んで出資して、育てた人物らしいです。ちょうど高原さんくらいです」

と智樹は言った。

「高条か。同い年だ。あいつは今もあちこちに顔を出して、本も書いてと忙しいな。みんなに自分のことを〝閣下〟なんて呼ばせてな。陸士に入っただけで終戦となったので、軍隊は経験していないのに。まあ、とってもいい奴で人に好かれるけど、目立ちたい、有名になりたいという欲が強すぎる男だ。

あいつは副社長として、社長の田口とともに会社を再建し大きくして、超コクビールを大ヒットさせたとして各方面で取り上げられていたけど、本当はその先代社長の村田さんが全部お膳立てして、田口と高条にバトンタッチしたんだ。

村田さんは銀行から送り込まれた社長だったが、大した人だった。決して表には出ないけど、太陽ビールの多くの中核を育てた。よく若手の読書会なんかやってたよ。学校の先生みたいだったな。

決して田口や高条だけで奇跡が起きたわけじゃない。だけど、二人とも仲が悪くてね。多分二人とも『自分が、自分が』という性格だったんだな。

高条には社長をやらせたかったけど、でも、どう見ても、あれは営業本部長の器としてぴったりだ。現場をまとめるリーダーとしての才能は大したもんだったよ」

智樹は、何でも、誰でも知っている高原に驚いた。

「高原さん何でも知ってますね。凄い、ひょっとして安倍首相とお知り合いとか」

「安倍さんか。知ってはいるけど、親しいっていうほどではないよ。彼は純真だけど策略家。成蹊出のお坊ちゃんだけど、したたかで雑草のように強い。東大出じゃないけど、東大出の財務省官僚より数倍頭がいい。戦略眼もある。近年にない、日本にはめずらしい首相だな。彼は歴史に名を大きく残すよ。

でもね。片岡さん。

バイト先に来る政治家の大沢一郎や財界人高条などをよく見てごらん。名前とか、地位とか、権力とか、そんなもの、取り払ってその人を、真の姿を、人間としてどうなのかを見るようにしていかなくちゃだめだよ。

前にも言ったけど、その人の価値というか、すばらしさというのは、自分だけでなく、まわりの人、世の中のことを考えて、役に立つことをしようとするところにあるんだ。大沢や高条より、あなたのほうがすばらしい人間だと思うね、私は。

偉そうに、ついでに言うと、この年になると大体、その人と話をしていると、その人のすばらしさ、その人のこれからの人生がほぼ見えてくるものだ。１００パーセントとは言わないけれど、大体当たるものだ。

だけど、あとは、その人がどういう人と出会って友人とし師とするかや、苦しいところをどうやって踏ん張って頑張れるか、何を目指すかにかかってくる。

いい人、すばらしい人には本当に大成功してほしい。

世の中で、いわゆる大きな顔をしている者の中には、自分が有名になりたい、自らが偉くなって人をたくさん使いたい、自分が大金持ちになっていい思いをしたいというのがいる。こういうのは本当の成功者、歴史に名を残すべき者ではない。つまらない有名人にしかすぎない。自分も含め、家族やまわりの者、いや日本の国でさえ、不幸にしていく輩《やから》なのかもしれない。

それよりも名がなくてもいいから、大金持ちじゃなくてもいいから、誠実な人間、まっすぐな人間にどれだけ価値があるか。その人たちが多いか少ないかが、その社会、その国がよくなるか悪くなるかを決めるすべてだ。

そんな正しい生き方をする人たちの中でも、さらに多くの人のためになるように、力をつけ、成功し、大きなよい影響を与える人こそが出てほしい。少ないけれどもそんな成功者はいる。お金も必要なだけ欲しいだけ集まってくる。これを本当の成功者と言うんだ。名前だけ知られているウソの成功者じゃない。

片岡さん、これは学歴や家柄はまったく関係がないんだ。その人の資質と、誠実な努力、そして運、また、よい指導者に恵まれるかどうかで決まっていく。

君には素質がある。誠実でまっすぐで素直だ。あとは仲間と努力と運だ。本物の成功者になれよ」

入院してから1か月半以上過ぎたころ、白血球も次第に正常値近くまで上がってきた。

あのうっとうしいアイソレーターというビニールの鳥かごも取り払われ、食事も普通食に戻った。とたんに、食欲が出てきて、早くとんこつラーメンやウナギの蒲焼やおいしいざるそばが食べたくなった。

それを検温に来た芳沢真由美に言うと、正常に戻っている証拠だと言う。もうすぐ一時退院で1週間くらい自宅に帰してくれることになるだろうとのこと。

そしてその後、再び入院することになるそうだが、主治医の藤沢研一によると、これを4回繰り返すらしい。普通の人は、3クールで済むが、智樹の場合は抗ガン剤に弱いため、1回の量を減らし、その代わり1クール増やして、4クールということになるのだ。今、7月も終わりだから、早くて年内いっぱいは治療しなくてはいけない。

一時退院したら、バイト先の店長、力丸孝二のところにお礼を言いに行こうと決めていた（入院の翌日、お金を持ってきてくれていた）。

何よりも近くにある〝じゃんがらラーメン〟の〝ぼんしゃん〟を食べたくてしかたがない。ついでに因縁のウナギを、やはりその近くの〝ふきぬき〟で食べよう。蒲焼と「ひつまぶし」だ。ちょっと食べすぎかなと思ったけど、芳沢真由美に聞くと生ものじゃなければいいよということだった。

あと何を食べようかを考えていたら、友人の石橋伸一が「よっ」と言って部屋に入ってきた。

一時退院を前に、ちょっとした夏用の着替えを部屋から持ってきてもらったのだ。

「あっそうだ、お前に凄い人を紹介しておこう。高原さん、ちょっといいですか、今」

と智樹は聞いた。

「どうしたんですか、いいですよ」

と返事は返ってきたが、どこかその声は少し弱々しく感じられた。

カーテンを開けると、高原が体を起こしちょこんと座っていた。いつもの通り顔は静かに笑っている。

「こいつ、高校んときの同級生で石橋伸一と言います。今、早稲田の二文です。高校時代、一緒にラグビーやってました。家も割と近くで小さいときからの悪友です。でもこいつは私と違って要領よく、すばしこいです。頭もそう悪くないです。女に手が早いのがどうも。でも、実は純情でいい奴ですよ」

「おいおい、人をめちゃくちゃ言わんといて。ハイ、私はこの通り、調子のいい男ですが、本当は純情一本の感激屋です。じっとしていられないタイプで、世の中のことを早く知りたくって、昼間働いています。小さな小さな広告代理店で、企画、営業、コピーライター、お茶くみ、なんでもやってます」

　と石橋は頭をかいた。

「石橋さん、あなたは、きっとウイングだな。トライの名手だ。人のちょっとしたスキをついてちょこまか走り回ってたでしょ。でも性格は悪くないから、仲間に好かれて、みんなが苦しんで手に入れたボールを最後においしくもらってトライするんだ」

　と高原は言った。

「高原さん、どうしてわかるんですか。さすがだなあ。ついでにこいつの将来を見てやってくださいよ。石橋、この高原さんはね、あの世界企業ＤＩＤの社長さんだった人だ。しかも大金持ちだ。何でも知っていらっしゃるし、その目は、人の将来まで見るんだぞ。お前見てもらって大丈夫か？　いいかげんな生き方をしているようだと、めちゃくちゃ言われるぞ、いや見抜かれるぞ」

　と智樹は石橋に恐い顔で言った。

　石橋は、少し栗色《くりいろ》に染めて、きれいにウェーブがかかっている髪をかきながら、

「えっ、あのＤＩＤですか。私も何とか仕事をもらおうと営業しているんですけど、あまりに大きくてね、あそこ。広告部の人はきれいな女性が多くて近よりがたいけど、何とかしたいですよ」

と言った。

「お前、広告部って言っても、女の人しか見ておらんとや。それじゃ、仕事もらえるわけなかろうもん」

と智樹はあきれた。

高原も笑いながら言った。

「石橋さん、あなた、面白いね。なかなかの才人だよ。営業力も、企画力もこれから磨いていけば相当なものになるね。ただ、ひと言いいかい？　老婆心ながらアドバイスさせてもらうとね。いや、大したことじゃない。あなたのように、人生は楽しみながら成長していくのが一番いいことだと思うよ。特に20代は人生で一番エネルギーもあるときだ。恋に仕事に夢に自分という人間の可能性を探るべきだ。

と同時に、実は20代というのはあっという間だ。

面白いことを追いかけたいとばかりに、あっちにフラフラこっちにフラフラじゃ、いくら時間があっても足りず、あっという間に30代に入っていく。そして肝心の、人生において大きく活躍し仕事を成功させていくための基礎を身につける時期が終わってしまうことにもなりかねない。いや、そういう人のほうが実に多い。

人生は楽しまなければいけないが、一方で自分とまわりの人たちの生活をよくしていく過程でもあるんだ。一番楽しい20代は、そのための基本も一番学ばなくてはいけないという難しい時代なんだ。私も、何千人、何万人と才能ある若者たちが一時の楽しみだけに溺れて、それからの長い人生をつまらなくしてくのを見たよ。

20代を楽しみながらも、コツコツ勉強していけば、30代、40代、50代、いや死ぬまで、20代よりもっと楽しくなっていくよ。

いや、つまんないことを言ったな。

私しゃ少々眠たくなったから、ひと眠りすることにするよ。いいかな。いや石橋君は面白い」

と言いながら静かにカーテンをしめる高原であった。

原点を忘れない

「いいと？　両親を置いて菅平に行くなんて」

石橋伸一はレンタカーのハンドルを握ってそう言った。

智樹は8月に入ってすぐに一時退院し、それに合わせるように両親が上京していた。

しかし、8月の東京は暑い、しかも蒸す。阿蘇の涼しく快適な夏から、こんな東京の蒸し風呂のようなところに来て、しかも狭い6畳一間のワンルームに三人でいるなんて無理というものだ。

だから、智樹は二人に皇居とか靖国神社に行って、もし元気があればスカイツリーでも観光して、適当に帰ればと言って、自分は石橋に頼んで、信州菅平に行くことにしたのである。

「ありがたいけど、オレはもう大丈夫さ。阿蘇の田舎の親たちに東京の生活は無理やろ。

早く熊本に帰ったほうがいい。それより、菅平か。なつかしいな。あの気持ち良い空気に全国のラガーマンたちが一斉に集まって練習している何とも言えない雰囲気。生きているって感じやなかね」

「そうだな。高校時代の合宿を思い出すよ。おっと、あの苦しい練習を思い出すと、今にもまた倒れてしまいそうだ」

と石橋は、苦しそうな、しかし、何ともうれしそうな顔をしている。

車は関越自動車道を通り、上田菅平インターチェンジで降り、上田の市街から一気に聖地、菅平へ向かった。

途中、真田幸村などで有名な、いわゆる真田村、真田発祥の地を通った。

「やっぱり、トヨタのプリウスの乗り心地はいいね。静かだし、病気療養中のオレには最高だよ。でも悪かったな、有給取らせて。しかも女なしで」

と智樹は、ペットボトルの日本茶を飲みながら、石橋に軽くお礼を言った。

「お前が一緒じゃやな。大丈夫か体？　きつくなったらいつでも言えよ。すぐ休むからな。

女と言えば、あの看護師の何て言ったたっけ。そうそう芳沢真由美か。可愛いな。ちょっときつそうだけど。しっかりしているうえに頭がいい。しかもスポーツで鍛えてきたと思われる切れのいい動きに、あのスタイルのよさ。それに顔は、少女のまんまの可愛さに、愛くるしく、向上心ありますって書いてあるうえに、人を魅きつけてしまう美しく澄んだ目。あれはCMモデルかなんかで使えそうだな」

「お前、だめだぞ、余計なことを言っちゃ。それに変なこと考えるな。あの福岡の東北九高の剣道部出身だぞ。お前なんて一発でブチのめされるぞ。本気で」

と智樹は強い調子で言った。

「めずらしいこともあるもんたい。お前がオレに、女のことでやめとけって言うのも。何も言わない、まじめ一本槍のお前がね。あっ、ホレてるな。お前あの芳沢真由美って看護師にホレてるんだろ。わかったよ。親友のお前の女に手なんか出すかよ。オレがこの世で一番大事なのは親友であるお前だからな。これ以上嫌われたくないし」

「バカ言うなよ、ホレてるとか、そんなんじゃないけど、何かあの人は特別なような気がする。高原さんとも会わせてくれたし。オレの病気も絶対よくなるって言ってくれるし」

　と智樹はまじめな顔をして言った。

「高原さんと言えば、あの人凄い人だね。何かオーラが違うよ。オレも仕事でいろいろな人を見ているけど、全然違う。人としての重みというか、深さというか。しかも聞くと大富豪だと言うし。とても見えないけど。でも大丈夫かなあ。もう年だし、もう人生はいいよって感じに見えた。

　楽しかったこの人生、最後にお前や芳沢真由美さんに会えて、最後にいろいろ言って、あとは頼むって感じじゃないの」

　と石橋は少し不安そうな顔をした。

「オレも少し心配はしている。でも、何かあの人が、この世から去るなんて考えられないね。オレ、白血病なんて、とんでもない病気になっちゃったけど、今はとてもよかったと思っている。だって、あの高原さんみたいな人に会えたんだもん」

　と智樹はうれしそうに言った。

「それに芳沢真由美」と間髪入れずに、石橋が叫んだ。

「えっ」

「そろそろ着いたぞ、菅平。やっぱいいなあ。菅平」

智樹は両手を上に伸ばし爽快な顔になった。


菅平の道は狭い。そこを若いラガーマンたちがたくさん歩いている。

ここは、グラウンドが約百面はある。

レタス畑に囲まれた中で、きれいな空気、涼しい気候の中でラグビーの練習が行われる。

日本でこんなにラグビーをやっている人がいるんだと思うほどだが、逆に、ここや北海道、富士山近くの山中湖、智樹の故郷、阿蘇ぐらいしか夏合宿に集まってこないのは、ラグビー人口の少なさを表しているのかもしれない。

夏の菅平に、全国の有力校はほとんど集まってくるから、ここで練習試合をやっているとほぼどのくらいの力が出るかわかるし、チームも強くなる。

智樹たちの代で花園に行けたのも、思い切って阿蘇の合宿をやめて、菅平の合宿に来たからだ。

最初は、全国レベルの強さに打ちのめされたが、1週間が過ぎたら何とかいい勝負ができるようになった。

そして他校の連中と友だちになれたのもよかった。

今年も、母校、熊本城東高校は、今、菅平に来ているという。

そのことを智樹は知っていたこともあってここに来たのだ。後輩たちのどろんこの姿を見て元気をもらい、また、監督の長崎芳則《ながさきよしのり》にも会いたかった。

どの高校が、今日どのグラウンドで練習し、どことどこが練習試合を組んでいるかは、菅平の中心部にあるスポーツ店前のボードでわかる。

智樹と石橋は、そこで母校の今日のグラウンドを確認し、車でそこに向かった。

「やってる、やってる。今年は結構強いらしいぞ、打倒東福岡で燃えてるからな、長崎さん」

と石橋が少し興奮気味に言った。

「オレたちは花園で85対0で負けたもんな。今でも時々夢を見るよ。同じ高校生やないか。負けるわけいかんたいってね。しかし、必ず泣いているんだ。悔しかったんだな、よっぽど」

智樹も昔を思い出して、ボルテージが上がってきた。

「監督ー！　長崎さーん」

と石橋は手を振っている。

「オヤ、石橋に片岡か。弱かったときのチームのメンバーが気合いを入れに来てくれたか」

と長崎はうれしそうな顔をした。そのまま、練習をコーチ陣に任せて、練習から少し離れてイスが並んでいるところまで二人を連れていってくれた。

「片岡、病気になったんだってな。しかしお前は負けん。どんな病気にだって負けやせんたい。そげな男たい」

と長崎監督は智樹を励ましてくれた。

「そうですよね、監督。あのタックルマン、死んでも離すもんかという男が、病気になんか負けるわけありませんよ」

と石橋も相槌を打ってくれた。

「ありがとうございます監督。自分、大丈夫っす。ラグビーは弱かったですけど、気持ちで負けたことはありませんから。長崎さんは、『負けても何かを絶対つかめ。次に勝つための何かをつかめ』っていつも怒鳴ってくれました。涙を流しながら、次は絶対勝ってやる、負けた理由を知って、一生懸命、死ぬほど練習して、勝ってやるっていう不屈の闘志を教えてもらいました。病気になっても、そこで何かをつかんで、次勝ってやる、勝つというか人間的に大きく成長してやるって、思ってますもん。

監督にラグビー指導してもらって感謝してますよ、心から」

「そうだな、その心意気だ、片岡らしい。ところで、お前たちのときのキャプテン川上はどうしてる？　確か慶応のラグビー部に入ったんじゃないのか」

「今、奴は、慶応のスタンド・オフでレギュラーですよ。もう最上級生です、何か、電通に就職決まってるそうです。ちくしょう、オレんところは小さな広告代理店ですが、あいつは日本一の会社。やっぱ慶応ラグビー部ブランドってやつですかね」

と石橋は顔をしかめるように言った。

「何が慶応ブランドだ。おい石橋、オレたちゃ阿蘇の雑草育ちじゃないか。いつも長崎監督に言われたろ。『お前たちの強みは、踏まれても大風が来ても倒れず、悠々として、将来にじっくり大きくなる雑草であることだ。有名な名前や権威はいずれなくなるんだ。雑草こそ最後に勝つんだ。それは忘れるな』ってね。そうですよね、監督」

と智樹は、長崎芳則の顔を見て、誇らしそうに言った。

「ハハハ、その通り。川上は山中湖で合宿だから会えんな。いつか会ったらよろしく言っておいてくれ。大学出てからが、本当の勝負だ。名前だけでは人生で何もできないぞって会うことがあったら言っておいてくれ。

いわゆる勝ち組のつもりかもしれんが、慶応から電通ってコースがあいつの大変さを生む選択だったことになるかもな。ま、川上は賢いから当然わかってると思うけど」

と長崎は、川上康弘にも会いたかったと言い、そして智樹に向かって口を開いた。

「ところで片岡、お前こそ大学、いやトップリーグでラグビーを続けると思ったよ。お前の、あのタックルはでかいイノシシもひっくり返るようなスピードと力があった。しかも倒れても、倒れてもすぐに立ち上がって獲物を追いかける。ありゃ天性だったな。阿蘇の山ん中で、ウサギやイノシシを相手につかみ合ったり、追いかけ合ったりしてたからな。あのタックルにはさすがの東福岡の連中も度胆を抜かれてたな」

長崎はトップリーグに所属する福岡の宗像《むなかた》サニックスで昔プレーしていた。もう10年以上前のことだ。

「倒しても倒しても、別のヤツが湧いてきやがる。あれが監督がよく言っていた個の強さと組織の強さが合ったチームというものですかね。

あんなチームになるのは、なかなか大変なことだと思いますよ。今年のウチのチームはどうですか？」

「いいよ。お前たちちんときは試合をさせてもらえなかったけど、今度やれば少なくとも慌てさせることはできる。まあ勝つのはまだまだ難しいがな。

あいつら、小学生のときからトップリーグの下部クラスでやってるからな。オレもずいぶん指導した。そういうのがわんさか入ってくるんだ。

それに勝つのはなかなか大変だ。お前も身長があと10センチあったらなあ。日本代表間違いなし。南半球のリーグでもヨーロッパでも通用するんだが」

「いや、ラグビーはもういいです。ラグビーの面白さを知ったのは一生の宝ですが、オレにはもっとやることがあるような気がしてます。

ちょっとだけ早稲田のラグビー部に入って、日本一を目指そうかなと思ったこともあります。でも、やっぱり、オレの一生でやるべき何かを早く見つけて、それに打ち込みたいんです。オレに一番向いている何かを見つけて打ち込みたいんです。それが何なのかは、まだわかりません。

その点、この石橋はなかなかのもんです。そのうちにコピーライターになって、将来は作家になるそうです。もう、広告営業の仕事でも、一人前らしいですし」

と智樹は、横で照れている石橋を褒めた。

「そうか。片岡も石橋も将来楽しみだな。時々、大学や社会のことを後輩たちにも話しにきてくれ。あいつらも、勉強になるだろう」

智樹と石橋は、2時間ほど長崎芳則と話してからグラウンドを去った。

グラウンドから、車を止めてある所に向かう途中も、たくさんの高校生たちに会った。

「ちわっす」

とみんなあいさつをしてくれた。どこの高校の後輩かわからないけれど、とにかく、元気なあいさつをしてくれる。

智樹は、菅平に来てよかったと思った。きれいな空気。ラガーマンたちの元気。汗と泥にまみれて、しかし目を輝かせて、ただボールを追いかけているあの姿。自分も白血病なんかに負けるもんかと何度も自らに言い聞かせた。

上田市街のビジネスホテルに2泊ほどして、菅平でラグビー観戦をしたり、母校の練習を見たりした。あとは真田幸村関連の史跡をゆっくり見て回った。

1か月以上も入院して体が弱っていた智樹だったが、若さもあってか、菅平独特の雰囲気というか熱気もあってか、メキメキと元気さを取り戻した。そして同行してくれた石橋伸一が心配するくらいに歩き回った。

また、信州で食べるそばはやっぱりおいしかった。少しセーブしなくてはいけないほど注文して食べた。特に冷たいざるそばの喉ごしがとても気持ちよかった。

「阿蘇のそばもおいしいけど、信州のそばも旨いね」

と石橋も、よく食べた。

「お酒も飲めると最高なんだろうけど。悪いなオレは飲んじゃいけないと言われてるし、お前に運転を頼まなくちゃならないし」

「こんなきれいな空気とおいしいそばだけの生活で、しかも女なし。オレの汚れきった肉体と精神が洗われていくようだ。天使になったような気持ちたい」

「このくらいで天使になられてもな。

ところで真田幸村を生んだ真田氏の遺跡を少し見たけど、考えさせられるね。長崎さんから教わったように、真田幸村って凄いんだ。いわゆる勝ち組のような徳川氏につかず、豊臣氏のほうについて、最後は敗れた。

豊臣側でも真田幸村の策を取っていれば、徳川を破ったかもしれない。その策が用いられず、敗北がほぼ決まったような中でも、勝利を求めて、決してあきらめずに、戦って徳川を慌てさせる。家康もさすがに幸村は恐くて何度も夢を見て脂汗をかいたと言われる。もうだめだと思って切腹しようとしたけど、側近の本多正信に必死に止められるほどだったそうだ。実際に、真田軍に殺されてもしかたなかったらしいからね」

と智樹は、長崎に教わった話と昨日行った真田氏発祥の地や上田城跡を思い出しながら言った。

「まるで、オレたちの高校んときのラグビーのようなものだな」

「いや、オレたちは、東福岡にヒヤリとさせることもできなかった。小さくても、何かもっとやり方があったんじゃないかと反省したよ。

ちょっと想像しただけでも面白いな。

豊臣方が勝つ方法はいくらでもあったような気がする。まずは関ヶ原の戦いのときに、豊臣方に真のリーダーがいれば絶対に勝っている。

たとえば熊本人に人気の加藤清正なんかが徳川に味方しなくてリーダーになっていればな。

まあ、北政所（秀吉の正妻）や淀君（秀吉の側室）が女の争いをして、豊臣を潰したようなもんだ。

立花宗茂や真田昌幸、幸村親子が実戦で関ヶ原にいればわからなかったし、上杉景勝と家老の直江兼続が家康の背後から攻めていれば、豊臣は勝っていたろうし。まあ石田三成はとても頭が良くて優秀だったんだろうが、親友の大谷吉継《よしつぐ》が言っていたとされるように、人物的に徳というのが足りなかったんだろうな。前のアメリカとの戦争のときの日本の軍部や官僚のようなもんだよ。

大阪夏の陣、冬の陣でも、リーダーに真田幸村か立花宗茂あたりが登用されていれば、わからなかったね。いずれにしても、淀君や側近の大野治長のような目先の利ばかり考える小物じゃ家康に敵わなかったろうね」

と智樹は面白そうに話した。

「徳川が負けて、豊臣の時代が続いたら、また日本でもどうなっていたのかね。でも歴史は面白いね。歴史にイフはないと言うけど、イフがあっての智恵になるし、学問も進むんじゃないか。

家康は論語が好きで、孫にあたる水戸黄門はその影響もあって大日本史でいわゆる水戸学を発展させた。

その水戸学は、天皇中心の国をつくるべきだとなっていった。幕末の維新はその流れで当然のように起きていった。第15代の将軍が水戸徳川家から出た慶喜《よしのぶ》というのも、因縁だな。小さいときから叩きこまれていた思想は、朝廷に絶対に抵抗できないというものだから。

家康の再来と言われた関ヶ原の豊臣方についた薩摩の島津家から出た島津斉《なり》彬《あきら》は、明治の政策を先取りして日本を変えようとした。その第一の弟子が西郷隆盛だった。

そう考えてみると、徳川家康がかろうじて勝って江戸時代を築いていったのは日本にとってよかったのかもね。

今の日本の基礎をつくっている精神や文化は、かなり家康の考えた理想を追ってつくりあげたところがあったような気がする。

日本人らしい生真面目さ。人によっては、だから日本人はつまらない、小粒だと言う人もいるけど、じゃ、大権力者とか超大金持ちを生む日本以外の国がいいのかというと、どうかね。

オレは日本だから好き勝手にやっていけて面白い人生が歩めるような気がしているよ。

まあ、そうは言っても世界を詳しく知っている訳じゃありませんけどね」

と石橋も話に乗ってきた。

「それこそ世界のことなど高原さんにいっぱい聞こうぜ」

「変なこと思ったんだけど言っていいか」

と智樹は言った。

「何だよ、改まって」

「ラグビーは15人でやるスポーツじゃないか。今、7人制もできている。なぜ、これが20人じゃいけないんだろう。20人制ラグビーができてみろ、日本がワールドカップで優勝するんじゃないか」

「でもさ、野球は9人で、WBCで世界一になってる。サッカーは15人だけど、ワールドカップでベスト8にもなれない。考え過ぎじゃないか」

「野球は体の接触が少ないから、まだ日本人でも何とかなる。サッカーもラグビーより世界に通用する。ラグビーはもろ、ぶつかり合いのようなものだから、でかくて、背が高いのが有利だ。しかし20人ともなると、きっとパス回しや走り回っての戦いになる。

日本人って、多分仕事でも何でも一人だけの戦いだと、世界でも下から数えたほうがいいほど大した能力がないように思う。しかし、それが20人、30人となると力を発揮するようになるはずだ。まあ20人から１００人くらいが何でも丁度よいのかもしれない。万を超してくると、今度は策略家とかが必要になってきて、日本人があまり得意とするところじゃなくなる」

「面白いな。しかし、智樹。そう言うけど、日本という国は1億2、３０００万人いる国としては世界でもうまくいっているほうだ。１００人までと言うことはないんじゃないか」

と石橋は話に乗ってきた。

「島国だから何とかなったんだよ、きっと。でも、国の駆け引きじゃ、本当にいつもやられている。前の戦争だって、アメリカにうまく仕掛けられてしまっている」

智樹は続けた。

「しかし、確かに石橋の言うことにも一理あるな。その1億が、何とか世界で頑張ってきたんだからね。アメリカや欧米のほとんどを敵に回しても、真田幸村じゃないけど、自分たちの考えるところがあって、負ける可能性が高くても、それでも勝つために何とかしようと戦ったんだからな。

上田、菅平に来てよかったよ。人生のことや世界のことまで、いろいろ考えさせられた。ありがとうな。石橋、お礼を言うよ」

「おいおい、お前にお礼を言われるなんて。水くさい。小さいときからのダチだろ。くされ縁というやつだよ。でもお前といると面白いよ。何かやってやろうと思うもん。いや何でもやってやろうぜ、絶対できるよ。恥ずかしいけど、頼むぜ一生、相棒！」

石橋は照れくさそうに言った。

上田のビジネスホテルを出て、東京に向かってプリウスは静かな音で快調に走った。

途中、ドライブインでカツカレーを食べて一休みして、下宿のある下落合まで乗せてもらった。

もう、両親にはとっくに熊本に帰っていた。

2、3日したらまた病院である。しかし、東京のこの暑さはたまらない。早く再入院したいくらいだ。病院に行けば高原に会える。それに芳沢真由美もいる。早く会いたくてしかたがない智樹だった。

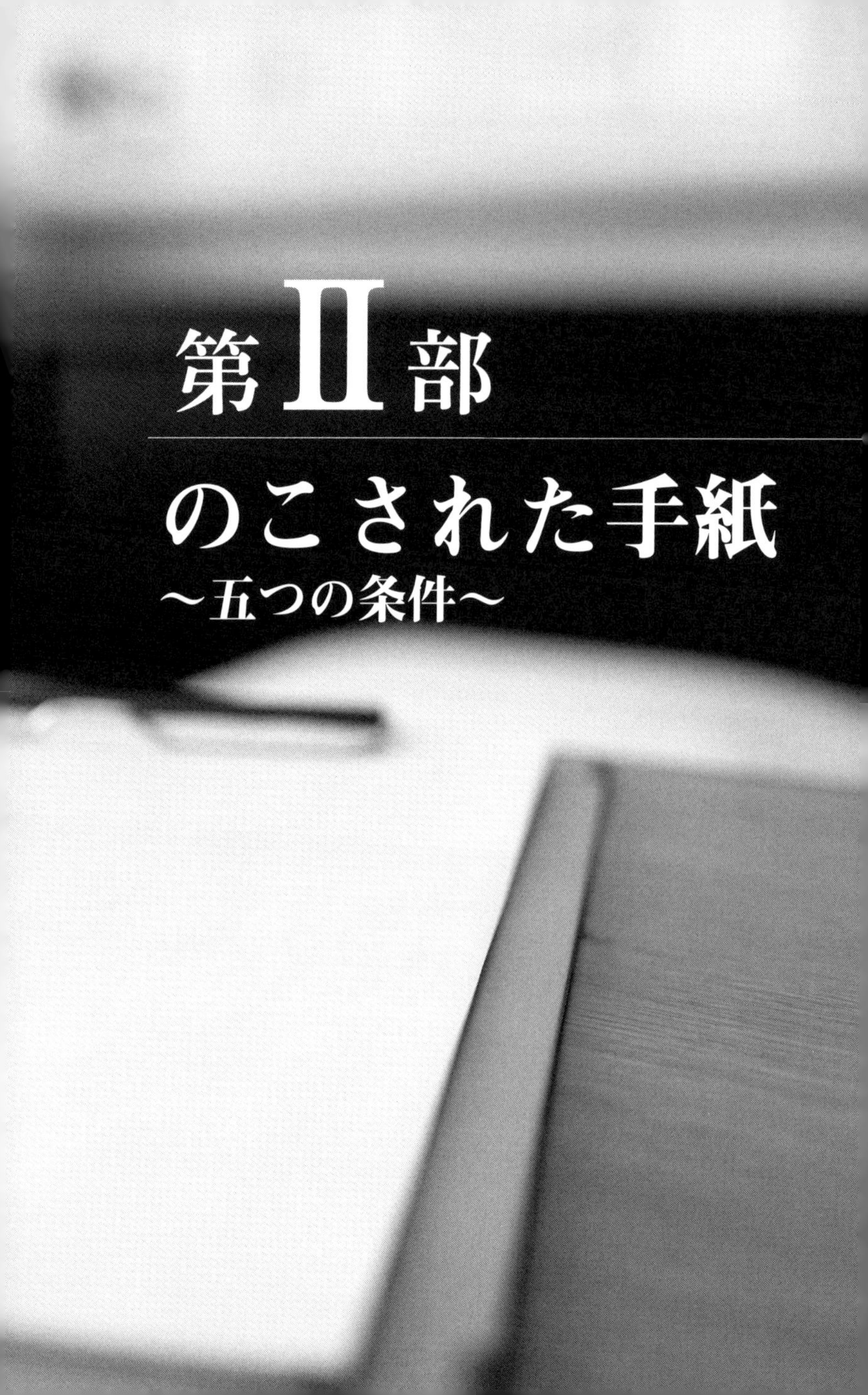

第Ⅱ部

のこされた手紙

～五つの条件～

人生の宝物

地下鉄東西線の落合駅から乗って、大手町駅で乗り換え、丸の内線の本郷三丁目駅に行った。

「今日は、もうまったく車内も黄色に見えないぞ」

と智樹はつぶやいた。

病気はかなりよくなっているのがわかる。

しかし、あと3クールある。よーし、やるぞと思いつつ、なぜか気分がウキウキした。

入院すれば、また高原に会えていろいろ学べる。大学などではまったく教えてくれない、人生にとってとても大切なことばかりであった。

「見た目は普通のお爺さんだ。人は、見た目ではまったくわからないものなんだな。あんなすばらしい人、尊敬できる人に直接教えてもらえるなんて、なんて幸せなんだろう」

と、智樹は、白血病という死ぬことも多い恐ろしい病気にかかっている自分なのに、本気で自分は何て幸運な人間なんだろうと思った。

しかも芳沢真由美に会える。

生まれて初めて、この女《ひと》とずっと一緒にいたい。話したい。注目されたいという気持ちになった。

石橋伸一や川上康弘に感じる男の友情のようなものとは別の、フワフワした、胸のどこかが変な気持ちになる、言いようのない感情だ。

「彼女とは一生離れたくないな」

と素直に思った。

多分、芳沢真由美のことが好きなのである。

男の仲間はいい。あいつらがいるおかげで人生を楽しみながら困難にもぶつかっていけるのだと思う。

それとはちょっと違うけれど、人生には、こういうものもあったほうがいい。いや、なくてはつまらない。自分の人生をきちんと見て、時には励まし、時には叱ってくれるような女性がいると、きっと頑張れそうだ。

母親とも違う。母親は絶対だ。母親の千鶴子はオレにとっての神様のようなものだ。

母親がいてくれるかぎり、信じてくれるかぎり、この世に恐いものなどない。

そのうえで、さらに自分を大きく伸ばしたい。芳沢真由美にやったねとほめてもらいたい——

などと、一人いろいろ考えているうちに、本郷三丁目に着き地上へ出た。

そこから東大病院まで歩いた。季節は8月も半ばに入ろうとしていた。

相変わらず蒸し暑い東京だったが、病院が近づくにつれて、気持ちは明るくさわやかとなっていった。


智樹は病棟の14階のナースステーションに「ちわっす」と頭を下げ、1543号室に入った。

しかし、ベッドは二つとも空で、奥のベッドの上の名札には、片岡智樹と書いてあったが、入口のほうのベッドの名札には何も書かれていなかった。

「あれっ、高原さんも一時退院したのかな?」

と思ったとき、芳沢真由美が入ってきた。

彼女は黙っていた。

しかし、目に涙がたまっているのを、智樹は見た。

「高原さんどうしたの？　退院したの？」

芳沢は、今度はワッと泣き出した。

「あなたが一時退院している間、急に体の調子が悪くなって……。その後肺炎になって……。そして、そして、死んじゃったの」

と泣きながら智樹のほうを睨んでいた。

「そんな。ウソだ。あの方が死ぬなんて……。これから、いっぱいいろいろなことを教わらなければならなかったのに……」

智樹は起きている現実が信じられなかった。

「高原さんね、智樹君が一時退院して菅平に行っていることを、うらやましそうにしてた。『私も、片岡さんと菅平に行きたかった。大学生のとき以来行ってないな』って。そして、急に何か書きものを始めてた。智樹君がいなくなって一人だから、消燈もないから、夜も寝ないで黙々と書いていた。はい、これ。高原さんが、あなたに書いていた手紙。高原さんがずっと書いていたのは智樹君への長い長い手紙。

私には、口で『本当にありがとう。心からありがとう。こんな素敵な可愛い人に最後に見送ってもらえるなんて私は何て幸せ者なんだろう』って言ってくれた。でも、手紙はあなただけよ。智樹君、きっとそれ宝物よ」

のこされた手紙

ズシリと厚い手紙の束を手にした智樹はぼう然としていた。手紙には1から5と番号がふってあった。

何が起こったのかさえよくわからなかった。

わずか1か月ちょっと前に白血病と診断され、自分の人生を劇的に変えるであろう人と出会い、一時退院し英気を養った。

「よし、しっかり吸収して、社会に飛び出すぞ。自分にできること、やりたいことを何としても見つけて、存分に生きて活躍してやるんだ」と思った矢先のことだった。

しかし、もう高原はいないのだ。

智樹は打ちひしがれた気持ちで、手紙を開けた。

片岡智樹様

おかえりなさい。

そして、さようならをあなたに言わなければならなくなった。

どうも私の寿命がきたようだ。

主治医の藤沢先生ともじっくり話したが、そろそろお役ごめんということになりそうだ。

何の心残りもない。

本当に楽しい人生だったよ。

最後にあなたや芳沢さんのような若い人にも出会えて、日本もこれから大丈夫だと信じられたし、とても愉快な気持ちのままで、あの世に旅立てるよ。

きっとあの世も楽しい。すでにあの世にいる私の両親や祖父母、それに気のいい友人たちも待ってくれている。

かえって「遅かったじゃないか。また一緒に楽しもう。これからは永遠に。お前の修業も何とか無事終えたんだから、これからは、元のところに還ってきて、後輩たちの頑張りを見守ろう」

って言われそうだ。

ただ一つだけ、この世で心残りなのが、もう少しあなたにお話ししたかったことだ。

私は、人を見ると、その人の将来が大体わかると言ったね。

あなたは大丈夫だとも言った。

だけど〝大体〟大丈夫、大体とまでしかわからない。

ほぼ当たるんだけど、どうしてもわからないのが、その後の出会いと、その人の生き方だ。

特に、生き方、心の持ち方を間違えてしまうと、人はどんな才能があっても、どれだけすばらしい人も宝の持ちぐされで一生を終えてしまうことになる。

ここで才能と言ったけど、人にはそれぞれ自分に向いた才能というのがある。これに例外はない。

どんな人だって、生き方を正しくし、考え方を間違わなければ、必ず立派な人となって、この世で役立つことをやり、本当の成功者になるのは間違いない。

ただ、人には役割分担、向き、不向きがある。

片岡さんの場合は、すでにその役割の大きさ、向いている才能の大きさ、すばらしさがあるということだ。

だからこそ、私はもう少し、あなたと話をしたかった。


そこであなたに、これからの人生を正しく生きていくために必要な五つの絶対条件を手紙に書いておくことにしたよ。

この五つの絶対条件は、私が創り出したものではない。

人類が何千年、何万年とかけて見出したものを集めて整理しただけのものだ。

もちろん、私の80数年の人生経験があって、発見と整理ができたことは否定できない。

私が人生で経験してきたことについてよく考え、人類の残してきた古典の数々をひもとき、いろいろな人の話を聞いている中で、やっとわかったことだとは言える。

それは一見、「なんだ」と思うかもしれない。

しかし、それは間違いだ。

人間のやることだから、当たり前のようなことの中に必ず真理はある。

たとえばニュートンは考えに考え、研究に研究を重ねたから、リンゴが落ちるのを見て万有引力という法則に気づいた。この法則がどれだけ科学を進歩させたかわからない。

デカルトも、人間とは何だろうとずっと考え続けた。そしてついに「人間は考える葦」だと気づいた。

孟子は孔子の教えをさらに研究して、結局この世で最後に勝つ人は、仁そして誠の人格者であるとわかった。

当たり前のわかりきっているような、こうした単純な真理が人の世を支配している。

私は養子から企業経営者になった。

しかし、それだけで、少々お金があるからといって、世界で戦っていくことはできなかった。

世界は広い。しかし真理は一つだし、それをマスターすれば、アングロ・サクソンの友人たちも、いわゆるユダヤ資本家と言われる人たちも、同じ土俵で競える人たちだった。

そんな彼らとの競争の中で、武士道精神の日本を見直すこともできたし、世界の真理は同じだとわかった。すると、世界中で、友人、いやライバルと言ってもいいが、彼らとも仕事で張り合うことができて楽しかった。

仕事に没頭しているうちに、何十年もたつとお金も貯まるもんだ。もちろんお金をバカにしてはいけない。だけどお金というのは、仕事を成功させていく、仲間をつくっていくことで、結果として貯まるものだ。

お金だけ求めても何の幸せももたらさない。

私の家族、特に息子たちは、まだこのことがわかっていない。

私があなたに書き残す真理こそ、本当に最後にお金を遺すことにつながるものだ。

私も家族たちに、私の個人的につくった資産を遺す気はない。

そうだな、ざっと2000億円以上はあるだろう。大した金額じゃない。

私の尊敬する本当の企業人、本当の成功者は、みんな数千億円以上は貯めていたが、そのお金は家族、子どもに遺さず、ほとんど社会に寄附している。

いわゆる成功法則の元祖ともいうべきベンジャミン・フランクリンや日本の二宮尊徳などは、仕事において、今にすると何兆、何十兆円は軽く動かすことをやっていた。

その中で、個人的には何千億円の資産があっただろうが、そんなものはただの結果だから、それに固執して自分の子どもに遺してやるとか考えない。国や社会に還元していくことを考えた。だから、彼らは今もその仕事の仕方、生き方をみんなから尊敬され続けている。

トヨタ自動車の基礎をつくった豊田佐吉さんもそうだった。そのおかげでトヨタの今もあるのだ。単に佐吉さんが自分のつくったお金を自分の家に、息子の喜一郎に個人的に遺そうと考えて行動したら、今のトヨタの発展はなかった。その喜一郎さんも、父の教えに従って、日本人の手で車をつくることに、ただ使命を感じていただけだったのだ。

私の企業経営の先輩で、個人的に親しくしてもらっていた日立製作所の初代社長の倉田主税さんもそうだった。

倉田さんは、サラリーマン社長のはしりのような人だったが、看護師の芳沢さんと同郷の人だった。今も名が知れている出光佐三さんも近くの出だった。しかし、倉田さんは出光さんのように目立つことはとても嫌って、自分の本も、自分についての本も出そうとはしなかったよ。

今、生きている企業経営者でも、世間に名が知られている人は多く、いわゆるベストセラー本を出すのを一つの生きがいにしている人もいる。

自分の業績を誇りたいんだろうな。

でも、孫子も言っているように、本当に実力のある、必ず勝つ将軍というのは、まったく目立たず、知られることを欲しないものだ。

倉田さんもその一人だった。出光さんばかり有名となっていたが、何とも思っていなかったようだ。

出光さんや他の人が80歳、90歳にもなって第一線で目立っていても、自分はさっさと定年退職して、後進に道を譲り、しかも莫大な個人資産は、全部社会に寄附して、老後は田舎で好きな散歩や読書をして、その辺のただのお爺さんだったよ。私は彼に憧れ、尊敬した。

このただの爺さんが、世界をうならせるグループ企業の中核をつくったんだ。私も、彼を目指そうと思った。

そしてもちろん、ベンジャミン・フランクリン、二宮尊徳、渋沢栄一、豊田佐吉を学び続けたんだ。実践で彼らの正しさを身につけていこうと思った。私の目と体、そして心で人類の遺してくれている本当の生き方を知ろうと研究し続けた。

この片岡さんへの手紙は、その研究の成果だ。

倉田さんのように、私も自分で本を書くことはとても恥ずかしくてできない。ただ、あなたへの手紙をどうしても書きたくなった。

あなたと芳沢さんが、それほど気に入ったというか、気になったんだね。何だか偉そうですまないが。

私の人生で学び得た単純な真理を五つにまとめてみたので、読んでほしい。

すべては私の人生経験の中からインスピレーションを得て、先人の知恵からヒントをもらいまとめることができたものだ。

この五つの条件は、誰にも言っていないし、もちろん書いてもいない。

私は、片岡さんという若くて好ましい青年と芳沢真由美という愛くるしく、人に勇気を起こさせるような気性を持つ若い女性を見て（必ず彼女を離さず、将来の伴侶にして下さい。私が言うまでもないことだと思うが）、こうしてあなたに伝えておこうと強く思ったのだ。

この手紙で述べる五つの条件をどう見るかはあなたの自由だ。

しかし、この五つを毎日唱え（できたら寝る前、あるいは起きて活動する前に）、実践していくと、あなたは必ず、この世になくてはならないほどの偉大な人となるだろう。俗に言う真の成功者になる。結果としてだが、私の考えるような本当の資産家となれるだろう。

では、第一の条件について述べよう。

第一の条件　絶対にあきらめない

第一の条件とは、絶対に、絶対にあきらめないということだ。

私は、人には必ずどこかに向いた才能があると言ったね。

本当にそうなんだ。

でも、それに気づくことが難しい。

だからよき師、よき先生、よき友を持つことが人生を左右することになる。

自分ではわからない才能を、見つけてくれる人がいる。

典型的なのは、師とか先生という人である。

よく吉田松陰は奇跡の教育者と呼ばれるが、そういった面で松陰ほどの優れた先生はなかなかいない。

なぜ松陰が人の才能を見出し、育てられたのか。

それは松陰の志と、生まれてすぐから徹底して鍛えられた正直さ、誠実さにあったと思う。

日本を変える、日本古来からあるよい特質を取り戻す。

そのためには多くの人材を見出し、育て上げなければならない。自分のまわりの人、出会える人みんなの力を存分に引き上げなければならない。それを自分がやるという志だ。

そのうえで、持ち前の正直さ、誠実さで人を見て、人のよい点ばかりを見る。

有名な逸話を紹介しよう（もう知っているかもしれないが）。

松陰が幼少のころ、おじさんの玉木文之進に、学問を教わっているときのことだ。文之進が四書五経の講義をしているときに、一匹の蚊が松陰に止まり刺した。松陰はパチンとこの蚊をたたき落とした。

文之進はこれを見て、とても怒って松陰をこれでもかと殴った。

「いいか、虎次郎（松陰の名）。今、私が教えている内容は大切なもので、この国をよくしていくためのものだ。いわば公《おおやけ》のことだ。お前が蚊に刺されてかゆいと思うのは、まったくお前の体のことで私的なことだ。どちらが重要なのかわかるだろう」

というのだ。めちゃくちゃなリクツだが、松陰は疑うことなく体でそれを学び取った。

こうして小さいときから徹底して、公のために生きること、志を守ることを体に沁みこませたのだ。

この逸話は、故岸信介元首相が孫の安倍晋三の幼少時にひざの上で教えたとも言われているものだ。

もう一つは、日本最初の総理大臣で、明治憲法を考えた歴史に残る大政治家の伊藤博文のことだ。

伊藤博文は百姓あるいは足軽という、幕末当時で言えばとても身分が低い男であった。だから松下村塾でも講義を部屋の外から立ち聞きしていたと言われている。

しかし、松陰の目はそんなことでは曇らない。伊藤の資質を見抜き、頭はそれほどよくないかもしれないが、政治的調整能力、人の才能を集める能力は大したもので、その方面で活躍できると見た。

伊藤は生来の女好きでも有名だった。もし松陰という師に出会わなければ、かなりの確率で本当に田舎のスケべな男としての一生で終わったのではないか。

また、これは私の経験だが、何もよい師や先生に出会わなくても、本を読んで自分の好きな方向がわかる人もいる。

さらに、友人だ。

私は、何となく東大に入り（当時はみんなが大学に行くわけでもなかったし、私の家がそこそこ恵まれていて大学に進学するということに理解があった）、そしてこれから伸びていくはずだと思われる、創られてすぐの国策銀行、長期信用銀行（いわゆる長銀）に入り、すすめられるままにアメリカに留学した。

そのアメリカの大学で、マイクというアメリカ人の親友ができた。マイクは、なぜか私ととても気が合った。彼が私を見て言うには、

「お前には経営者としての素質があると思う。なぜなら、みんなに好かれるし、かといって舞い上がることはない。いろいろな意見がある中で、最適を見つけ、それを実現していく粘り強さがある。決してあきらめないという根性がある」

と言った。

マイクはお世辞を言うような奴ではなかったし、私も銀行で企業回りをして貸付けていくよりも、現場の企業経営は楽しく見えた。

そう思っていたら、D－Dという会社のオーナーの一人娘の養子にという話が

あり、私は面白そうだということで結婚を決めた。

人の意見を集め、できる人を見抜き、育て、よいと思ったことはあきらめないでやり続けるというマイクの言ってくれた私の性質が、本当に会社経営に合っているなとその後だんだんわかった。

あきらめないということでは、私は企業経営の大先輩であった松下幸之助さんにも教わることがたくさんあった。

たとえば、松下さんは幼いころからこれでもかという不幸の中で生きてきた。そこそこの裕福な家に生まれたと言うが、お父さんが投資に失敗して貧乏のどん底となり、9歳から丁稚奉公に出て働いた。

住み込みの、それこそ24時間働いているという、幼児虐待の今でいうブラックどころじゃない職場だ。

そして両親、兄弟を次々と亡くすことになる。

松下さんはやっと丁稚奉公から従業員として働くようになったが、彼はとても体が弱かった。むめのさんという女性と結婚し、おしるこ屋さんをやろうかと思ったほどだった。

しかし、むめのさんは丈夫なしっかり者で、「おしるこ屋じゃなくて、男なら、どんと事業でもやるべきだ」とすすめられ、ランプの製造などを始めた。

そして、むめのさんの弟たちが手伝いに来た。有名な井植三兄弟だ（後に三洋電機を作り、今はまた、松下さんがつくったパナソニックに吸収された）。

松下さんの凄さは、人の意見を素直に聞き、そこから正しい方向を見つけ、それを粘り強く、あきらめないで、追い求めるというところだ。

松下さんは学歴も、技術も、体力も何もなかった。

あるのは、人の意見をいっぱい集めて、聞いて、そこから正しいと思う方向を見つけ、決めたらあきらめずにやり続けることだ。

こうして、あきらめないうちに、世界を代表する企業を育てあげることになった。

体が弱かった松下さんだが、人のよいところを見抜き、育て、一緒に目標に向かい、みんなを励まし続けた。そして90歳過ぎまで生きた。80歳を過ぎた松下さんを、当時の幹部たちが、その人柄を尊敬し、神のように崇めていたのを私も何度か見たものだ。

人間一人の才能や学歴というのは、ほとんど大した力はないものだ。自分だけでなく、いかに多くの人の才能を集め、英知をしぼり出し、そしてあきらめずにやり抜くかが人生で大切なことだと知った。

あきらめないということでは、今では世界を代表する自動車メーカーとなったトヨタやホンダも私を刺激してくれた。

トヨタは、豊田佐吉さんが自動織機の発明、改良から始めた会社だ。

佐吉さんは大工さんだったが、発明家を目指して大変苦労して頑張った。そして、あきらめない、改善《かいぜん》し続けるという体質を自分の会社の信条、社風にした。

佐吉さんが発明した自動織機に対して、本場のイギリスのメーカーから多額のパテント料が入ることになった。しかし、このお金に目をつけて税金をたくさんふっかけようとした税務当局に対して、佐吉さんは異議を申し立て争い続けた。

佐吉さんは私的な利益を追うという姑息な考えは持っていなかった。産業を興し、隆盛させるのは、国家の繁栄のためという社是を掲げたほどの人だ。

しかし、理不尽に目先の税金を手に入れようとする税務当局（今も同じだが）と堂々と戦った。

当時、国家官僚と争うのは勇気がいったことだ。でも広い視野の下で、国家の繁栄のためには言いなりになってはいけないと考えたのだ。

佐吉さんは、そのパテント料の税金について当局と争っている間に、そのお金で車の開発をやれと息子の喜一郎さんに言った。

喜一郎さんは喜一郎さんで、戦後の混乱、経営危機のとき、車はもうやめるべきだ、という官僚、銀行を何とか口説き、苦しい中で車の製造を続けた。

本田宗一郎さんも、まず自動二輪車の製造で有名となっていたが、何とか車に進出しようとした。そしてやはり、官僚から日本に車のメーカーはもういらないと言われたのだ。

しかし、ここでも決してあきらめないという彼の生き方が、ついには世界的自動車メーカーとしての地位を築き上げることになった。

前に紹介した芳沢さんと同郷の、福岡の宗像出身の二人、出光佐三さんと倉田主税さんは、まったくタイプの違う人たちだったが、二人とも、あきらめるということをまったく知らない人たちだった。

私から見ても、「こりゃ大変だ」というものでも、二人ともまったく困ったなんて思っていない。どこか、そんな困難が立ちはだかると楽しそうにさえ見えたものだ。私も二人を見習うぞと心に決めたんだ。

私が片岡さんに言いたいのは、どんな才能や資質があったとしても、あきらめたら何もないのと同じだということだ。

いや才能や資質というのは、実は大したことがないのだ。それは松下幸之助さんという人の生涯を見ればよくわかる。

あなたは、私が見るにすでに粘り強い。

決めたら、正しいと思ったら、すっぽんのように実現するまであきらめない。

あなたがラグビーの試合でやっていたように、問題に向かってタックルし、ボールを奪い、ついに得点するまであきらめずにいることだ。

これがすべての大成功、本当の成功の出発点なのだ。

第二の条件　素直、正直、誠実であること

二番目の条件は、素直、正直、誠実な人であるということである。

この点私は、片岡さん、そして芳沢さんの若い二人を見て、二人に備わったものだとわかった。二人を見て、日本人というのはやはり捨てたもんじゃない。きっとこれからも大丈夫だと思ったほどだ。

素直、正直、誠実というのは、当たり前の大したことじゃないと思うかもしれないが、実はとても大変なところがある。

というのは、人は生きていかねばならない。多くの人たちがいる社会で、仕事をし、食べるために一生懸命である。

だから、どうしても他人を蹴落としたり、ウソをついて欺いたりする人も出てくる。これはある面しかたがないところもある。

だから、素直、正直、誠実だった若者が社会でいろいろ経験していく中で、いつのまにか自分も汚れて、ずるさを身につけていき、その素直さ、正直さ、誠実さを失っていくことが多い。

だから、いくら片岡さんたちが素直、正直、誠実だとしても、これからもそうだとはならない。この美質を失わないためには、いつも、そうであることを自分に言い聞かせなくてはならないのだ。

先に紹介した松下幸之助さんが、この世で本当に成功していくために大切なことが「素直になる」ということで、死ぬまで自分にも言い聞かせ続けた理由も、そこにあるのだ。

なぜ、この素直、正直、誠実が真の成功を実現していくために求められるかについて考えてみよう。

まずは、こうした性格がなくなると、他人や世の中というものをまっすぐに見られなくなる。目が曇って、自分の都合や欲得で見てしまう。

だから正しい発見、正しい結論を導くことができなくなっていくのだ。

松下さんはよく、「雨が降るとカサをさすように素直になろう」と言われた。

つまり、たとえば新しい商品を考えるときに、こうした素直さがないと、何を世の中の人が求めているのかも正しく見つけることができなくなる。

雨が降っているのに、雨傘ではなく日傘をさしてしまうようなことになりかねない。

次に、アングロ・サクソン人、つまりイギリス人、アメリカ人の昔の言葉に「正直は見合う」というものがある。

これは今風によりわかりやすく言うと、「正直でないと結局、ビジネスで成功できない」ということだ。

一回かぎりの商売ならいい。

正直でなくても、相手をだまして何とか利益をあげることができる。

私も若い時代に、バンコクのパッポンストリートやジャカルタの繁華街近くの公園にある、商店がたくさん並ぶ通りのニセモノを高くふっかけるお店で、安くたたいたりしてショッピングを楽しんだことがある。

バンコクでは、エルメスのシャツを3枚1500円で買ったし、ジャカルタでは、オメガの時計を1000円で買った。どちらも2年くらいして捨てることになったが……。

これは、だまし合い、かけ引きのし合いということをわかっていて楽しむからいいのだが、続けて買いに行こうなんて思わない。

実際のビジネスでも、こうしただまし合い、ひっかけ合いはある。世界は広い。日本のように同じお客さんを相手にしないでもやっていけるところもある。

だから、正直、誠実でなくても、何とか食えるくらいの仕事も成り立つのだ。

それどころか、堂々とパクって、世界中に商品を売りまくっている大企業というのもある。これは大体、中国、韓国の会社だが。

面白いのは、あのお菓子のポッキー（グリコ）を、韓国のロッテがパクって、ペペロという商品として売っているということだ。韓国では日本のバレンタインを〝ペペロの日〟としており、それは若者の風習になって定着している。大企業のロッテも、韓国ではこのようなことをしているのだ。

これは目先では儲かっているようで、後々企業の根幹を揺るがす大問題となりかねない。

中国では、何と最新の戦闘機までロシアなどのものをパクっているという。

でも考えてみるといい。

あなたが、企業経営者だとして、平気で相手のものを盗む相手と続けて取引し、あるいは、協力していこうと思うだろうか。

そうは思わないだろう。

私は、中国人、韓国人に友人も多くいて、いい奴もたくさんいるが、社会全体としてはどうかなと心配になっている。ぜひ国の将来のためにも変わってほしいと願っている。

素直、正直であることを社会の美徳としないかぎり、本当の発展はあり得ない。今はパクったり、だましたりする相手がいるが、相手もバカではない。

また永遠に、自分たちが先頭に立てないということだ。

日本人も、こうした美徳を教育現場で教えなくなって長い。私は、日本の未来を考えると、どうしても、日本のすばらしい神話から続く歴史と、日本人が正しいとしてきた素直、正直、誠実という美徳を子どものときから教えていかないといけないと思う。

アジアの端の、資源も何もない国が、今、世界中でビジネスが展開でき、そこそこの生活ができているのも、この素直、正直、誠実という徳を尊重し、身につけていたからだ。


そもそも2500年前から、孔子、孟子が中国社会において心配だったのは、こうした誠実、信用を第一として社会に定着させられるかどうかということだった。

小中国とも言われた韓国も、誠実、正直こそ、目指すべきあり方だと知っていたはずだ。

だが、現実の世界の厳しさに追われる中で目先の利益を手にするためには、とても素直、正直、誠実であるという訳にはいかなかった。これはよくわかる。

日本では、運よく外敵に侵入されることも少なく、長いつき合いの中で人々は暮らすことができたので、孔子、孟子が教えた仁（思いやり）や誠実、正直、信用というような、人としての理想の徳を身につけることを目指すことができ、子どもの教育でも実践されてきた。

おかげで、アングロ・サクソンの言う「正直は見合う」、つまり、資本主義や、ビジネスが発展していくための基本精神が根づいていった。

今、いわゆる金融資本主義が世界をリードしていると言われている。

アングロ・サクソン流の「正直は見合う」が少し忘れ去られ、アングロ・サクソンもユダヤも、近時金満になったかのような中国資本家経営者も、大きな利益のためには手段を選ばずという風潮も見えないではない。

しかし、これは必ず行き詰まる。

もう一度、アングロ・サクソンも、ユダヤも、その他も「正直は見合う」という考え、素直、正直、誠実という美徳を掲げた企業や社会を目指さないと、この地球は、だんだん不幸な人々が生きていく星になってしまうだろう。

いくら知恵を使い、金融を動かし、お金をいっぱい手にしても、では、いったい誰がそのお金をつくる素となるよい商品、製品、サービスをつくり、社会に広げていくのだろう。

だから、いくら私たち日本人が馬鹿正直で、外国の資本にやられていようとも、一番素になるもの、この世で、人として一番大切にしていくのは素直、正直、誠実に生きることであるということを忘れてはならないのだ。

片岡さん、このことを絶対に忘れないで欲しい。

ただ、以上を大前提にして、日本人のリーダー的存在になった人に心がけてほしいことがある。それは、素直、正直、誠実という美徳を大切にしていくと同時に、これを失わないための知恵や、外国の経営者、資本家、政治家に負けないための戦略、戦術、かけ引きにも通じていってほしいということだ。

これはとても難しいことで、日本人がもっとも不得手とするところだと思う。

しかし、日本国内だけではビジネスも済まない時代となった。

欧米や、中国、韓国の一部リーダーたちは、日本人のまじめな生き方が浸透することを喜ばないが、それを除いた多くの世界の人たち（このほうが圧倒的に多い）からすると、日本人に頑張ってほしいと思っているのだ。

日本を除く世界は、未だに基本的に階級社会だ。今は、お金持ちとそうではない人という形をとることが多いが、その元にあるのは階級社会なのだ。

ところが日本人というのは、そもそもが、階級別ということにあまりなじめない。昔、士農工商というのがあったけど、よく実態を調べてみると、商人や百姓の暮らしのほうが豊かだったこともある。

昔のことはよいとしても、今でも日本人に本質のところで差別意識はない。

だから、日本の自分たちのためのみならず、世界人類のためにも、日本の素直、正直、誠実に始まる、人種や肌の色で差別したりしない、お金のあるなしで差別したりしない社会をつくっていくのが使命のような気がする。

ただ、このことは、あまり正直に口に出すと、昔の、大東亜共栄圏だとか、八《はっ》紘一宇《こういちう》の危険な思想、日本の軍国主義だと批判される。

これを批判することが、今の世界、そして日本の一部の学者、マスコミの人たちに利益があるのでやかましい。

しかし現実に、そうした昔の日本の欧米相手の戦いがなかったら、今もアジアやアフリカの植民地は続いている。同じように今も、おいしい利益を守ろうとする人たちは日本の動きに警戒する。

正しいことを守るために、リーダーとしては、対外的に戦うことを恐れてはならない。

戦略、戦術を身につけ、正しいこと、本当は失ってはいけないことを命を賭けて守っていくのは、日本人のリーダーとなる以上、真の成功者となっていく以上、避けては通れないことだ。

片岡さんは、本を読むことが好きだそうだね。

よかったよ。もちろん本というのは、読むだけではだめだが、より正しく実践するために、行動を選択し、深めていくためには不可欠なものだ。真の成功者、リーダーになっていく者は、本を読まないといけない。

まだ若いあなただが、これから一生の間に読んでいく、座右の書にしていくべきいくつかの古典を紹介しておきたいと思う。

これまでに述べた、素直、正直、誠実という正しい生き方を身につけ、そのうえで、何があっても負けない精神をつくり、対外的にも負けない戦略、戦術を駆使していく心と技術を身につけていくためのものと言っていいだろう。


その第一の書は「論語」だ。

論語というのは、昔の中国で活躍した孔子の言行を集めたものだ。

わずか500にも満たない語録だが、その教えの中核は、なぜか日本古来の大切にしていた道徳にピタッと当てはまった。そこで、何百年と日本人はこれを自分たちの指針としたのだ。

今では、論語の教えは日本でないと実践されていないと言われている。

第二の条件である素直、正直、誠実というのも、孔子の教えと相通じるところがある。

現在の中国では、論語はほとんど誰も学んでいない。本当に論語を大切にしているのは日本だけなのだ。

また、論語は読み方でいく通りの解釈もでき、その人その人の論語がある。だから片岡さんもこれから、何回、何十回と読んでいくうちに、自分なりの論語解釈ができていくはずだ。

次も、やはり中国古典の一つである「孫子」だ。

孫子は今でも、本国中国のみならず、世界中の、軍事はおろかビジネスにおいても信奉する人が多いようだ。

実際の歴史では、ナポレオンやヒットラー、そして前の戦争で敗れた日本軍隊において、少し勝利が近づくと、自分の戦略、戦術にうぬぼれてしまい、孫子の教える戦いの原則というのを忘れて、そして敗れている。

そういう意味で、自分たちの正しいと思う生き方を守るためにも、冷厳なる戦いの世界で負けないために、片方に論語、片方に孫子を置いておかなくてはならない。

つまり、決してうぬぼれず、油断せず、いつも自分を反省し、よくよく考えて行動していかなくてはならないのだ。

以上は中国の古典だったけれど、日本人が書いたもので、座右に置くべき書として挙げなくてはならないのが新渡戸稲造の「武士道」だ。

武士道というのは、江戸時代に完成した日本人の精神のあり方を総称している。日本人が大切にしてきた考え方に、神道、論語、孟子などの教えも取り入れて、より正しい指針をつくりあげてきた。

素直、正直、誠実も、武士道の教えの中核となっている。

岩手盛岡の南部藩武士の子であった新渡戸稲造は、いわゆる朝敵の藩の子であったことから若くしてアメリカで学んだ。そして力をつけた薩長を見返そうとした。そしてキリスト教徒となり、国際連盟事務局などで活躍した。

そうした中で、特に欧米のキリスト教の教えと比較しつつ、日本人の教えを武士道としてまとめた。

そこには、日本人の変わらない指針がある。

日本人が大切にしてきた思想をもっと詳しく知るためには、吉田松陰の各著作や手紙にある言葉を学ぶのもよいだろう。

松陰の代表作の一つ「講孟箚記《こうもうさっき》」は、孟子を松陰なりの考えで読み解いた力作だ。孟子は難しく近づきがたいところがあるが、この本は日本人が考える孟子を見事に描いている。元の「孟子」を超えるという人もいるほどだ。これもとても難しい本だが、ぜひ若い人たちが何度か読むことで、志の高さ、気持ちの広大さを松陰に教えてもらい、明日の日本をつくっていってほしいと思う。

以上の4冊は必読だ。死ぬまで大切にしていくべきだ。あとは自分で必要なものを見つけていってほしい。

少し個人的な好みを持って補足すると、私は、佐賀の生まれなので、山本常朝の「葉隠」が好きだった。

「武士は死ぬことと見つけたり」という言葉に代表される気迫の書だが、「経営とは死ぬことと見つけたり」として、自分に毎日気合い入れたもんだ。

同じく鹿児島が生んだ偉人、西郷隆盛の「西郷南洲遺訓」もとてもよい本で、私は座右に置いたものだ。

松陰と同じく、素直、正直、誠実が私たち日本人のあるべき姿だと再確認させてもらえる。

また、大分の中津出身の福沢諭吉の「学問のすすめ」と「福翁自伝」の2冊もできたら何度も読んでみることをすすめたい。

福沢は、日本人にはめずらしい合理的な考え方をしながらも、「困ったと思ったことなどない」などと言う不屈の精神と現実の対処法を説いている。こういうリーダーも日本人に出てほしいものだ。福沢のように、学問や精神といったことだけではなく、戦略の上でも決して負けない日本人もいるのがわかる。

また、シェイクスピアは、欧米人の当たり前の教養だ。バイブルとともに知っておくとよいと思う。

イギリスの19世紀の大ベストセラー「セルフ・ヘルプ」は、明治に入ってすぐ中村正直が「西国立志編」として翻訳出版し、日本中の若者がほとんど読んだと言われている。トヨタの基礎をつくった豊田佐吉さんも、この本を読んで大工から物づくりの実業の世界に挑戦するぞと決意したという。

だから、明治以降の日本の近代化そして資本主義、ビジネスの進展に非常に影響を与えてきた。先にあげた福沢諭吉の「学問のすすめ」も同じ時期に同じくらい読まれ、この2冊が日本の繁栄に寄与した力というのははかりしれない。

「セルフ・ヘルプ」は「自助論」として現在も出版されていて、現代にも役立つすばらしい本だ。

何がすばらしいかと言うと、自分が打ち込む仕事を成功させていくことで、世の中をこんなにもよくしていくことができるのだという具体的実例が豊富に書かれているところだ。

そうか、自分はこの道、この仕事で頑張っていって、社会に貢献し、幸せな人生を送るんだと、勇気を与えてくれるのだ。

ただ、日本で翻訳されている本はほんの一部であり、しかもずいぶんと意訳されているので注意してほしい。

できれば英語力をつけて、原文で読むことができるようにしていくとよいと思う。

なお、言葉というのは、日本語をしっかりと身につけたうえで余裕があれば20代の若いうちに英語を読めるようにしておくことが大切だ。もちろん英語などの外国語の専門家になる人は10代の途中から学び、留学も必要だろう。

契約交渉などの大事なときは、法律、英語それぞれの専門家に協力してもらえばいい。20代でアメリカの大学に学んだ私も、交渉のときはいつも通訳を頼んだものだ。

第一に求められる能力というのは、そういう人の中でよい人を見つけられるという能力だ。

素直、正直、誠実な精神がある人と組むことだ。すべての面において自分でするのは無理だし、その必要もないことだ。

話をもとに戻すと、以上の他にアメリカ建国の父、ベンジャミン・フランクリンの「自伝」は、古きよきアメリカと、アメリカ人の根本を知るのにはよい本だ。

この本は、マックス・ウェーバーによると資本主義の精神をよく表しているとされ、現在に受け継がれるアメリカ成功法則の原点にもなると言われている。

面白いのは、ここでは、素直、正直、誠実こそ成功のための徳としていることだ。だから、このフランクリンの教えは、明治になってからの日本人にも大いに尊ばれ、明治皇室も大切にしたという。

戦後GHQが目の敵にした教育勅語にも影響を与えたという見方もあり、マッカーサー司令部が自分たちの建国の父をないがしろにすることになったのは皮肉なことだ。

ただ日本を二度と立ち直らせないというWGI（ウォー・ギルト・インフォメーション）としては効果があった。

戦後、すべてを破壊され、産業の中心となるべく若者も何百万人と死んでしまい、世界で最も貧しい国となった日本だが、見てほしい、今の姿を。

なぜだろう。石油をはじめ資源もほとんどなかったのに。

そこにあったのは、素直、正直、誠実な人々が多くいたということだけだ。

その後の日本の発展、そして今の隆盛。

素直、正直、誠実という美徳が、いかにこの世において正しい生き方であるかということを証明しているではないか。

こうした道徳を、侵略主義的とか、悪しき日本の風習とか言っておとしめる学者や言論人、一部マスコミもいるが、それは、今の繁栄を築いた多くの名もなき人の成果の上で、自分たちは、その利益をむさぼりつつ、上から目線で国民をバカにしていることになるのだ。

反省はいつもすべきだ。

批判もあっていい。

だけど、自分たちを成り立たせる、本当の美徳をなくすような方向での言論や批判とは、私たちも戦わなくてはならない。

よろしくお願いするよ。

片岡さんたち次に続く世代に、ぜひとも、素直、正直、誠実という日本人としてたどりついた正しい生き方の方向を守り抜いてほしい。

そして、それが片岡さん、あなたを真の成功へと導いてくれることにもなるのだ。

第三の条件　自分を信じる

片岡さん。あなたへの手紙を書いている間に、先ほど芳沢さんが体温、血圧、脈拍などを測りに来てくれた。

私に「顔色いいですね。これから数値よくなりますよ」と言ってくれたよ。

しかし、なかなか白血球の数値が上がってくれない。私の体も相当ガタがきているのがわかる。

自分で言うのも何だが、20代から死にものぐるいで頑張ってきた。楽しんでもきた。

だから、いつ、あの世に渡っていっても悔いはない。

悔いはまったくないと言ったが、一つだけ、ああしてもよかったのではないかと思うことはある。

それは、幼なじみでずっと好きだった久美子さんという女性がいるのだが、その人と一緒に人生を歩むこともできたんじゃないかということだ。

今では、はっきり好きだった、恋をしていたとわかるが、当時は、とても好きなのに、自分がどうしていいかわからなかった。

自分は東京に出て、何かやりたい、大きな仕事をしたいとばく然と考えていた。そんな自分が、久美子さんと恋愛し、結婚することは、佐賀に帰らなければならないのではないかと思い込んでいたのだ。

彼女は一人娘だった。

当時の田舎では、一人娘は家を継げないため養子をもらうということになっていた。特に古いしきたりが強く残っていた佐賀の田舎ではそうだった。

しかし、私は結局、大学を出て、長銀に入り、そして養子として結婚した。

その1年くらい前のことだ。

久美子さんから手紙をもらった。

そこには、結婚することになりました。養子になる人は、私もよく知っている人で、ラグビーの先輩で、町の役場で働く、とてもよい人間だった。私は彼女のことを思い、おめでとうと祝福したものの、この世というのは自分の思いどおりにならないことがあって、悲しいことがあることを知り、一人酒を飲んで「ちくしょう！」と涙したものだ。

その後養子になり、仕事に打ち込み、仕事に自信を持ち、社長となって業績を拡大し、世界中でM＆Aをくり返し、世界的企業をつくっていった。

自分は何でもやれるんだという秘かな自信も出てきた。

しかし、他人はそう見なかった。

悲しかったのは妻も義父もそうだったことだ。

もともとあった会社を大きくしただけだというのだよ。

代々あった財産があったからできたんだというのだ。その財産を何十倍、何百倍にしてやったにもかかわらずだ。

そのときには50歳を過ぎ60歳近くになっていた。

私は若いときから、いや30代、40代でも自分をもっと信じてもよかったのではないかと思った。

親たちや田舎のまわりの人たちに何と批判されようと、久美子さんと結婚し、何もないところから出発して、私が大きくした会社と同じ規模の、いやもっとすばらしい会社をつくることができたんじゃないか。

いや、大きさは関係ない。小さくても、世の中のためになる、世界があっというようないい仕事がたくさんできたはずだと考えることもあるのだ。

そう、私は20代のころ、自分という人間をもっと信頼すべきだった。

仕事を進めていく中で、20代、30代、40代と死にものぐるいで日々の業務をこなしていく中で、やっと自分もやればできると思えてきた。

片岡さん。あなたに言いたいことは、芳沢さんのような素晴らしい人、一緒にいることで、あなたが人生を頑張ることができ、苦労も楽しみに変えていくことができると思える人と出会ったら、決して離すべきではない。私は、あなたたちを見ていてそう思った。余計なおせっかいかもしれないが、せっかくの宝物を自分の手にしないことはないよ。

片岡さん。今、あなたは「自分は何をやるべきなんだろう、何をやりたいんだろう」と考えている最中のようだね。

だからまだ、自分への信頼が心からあるわけではないだろう。

しかし、それはもったいないことだ。

私は、第三の条件として、自分を信じるということをあなたに伝えなくてはならない。

あなたには無限の才能があるのだ。自分自身を信じて、自分を高めていけば、必ずあなたのやろうとしていることは実現されていく。

自分を信じることで、向上心も、勤勉さも、当たり前のようにあなたの性格として備わってくる。

だって、自分にはそうせずにはいられないものがあるからだ。自分には、それだけのすばらしい可能性があるからだ。

信じた自分にふさわしい生き方はそこから導かれてくる。


ところで、人はよく、運、不運を口にする。

しかしこれは、自分に運があると思いたいというものだろう。

宗教というものをつくり、それを信じ込むのもこれに似た心のありようだと思う。

それほどまでに人は弱いし、自分をいい方向に歩ませたい。

悪いことをせずに、正しい生き方をし、かつ幸運があってほしい。そのため、占いや宗教の存在理由があるのだ。

私は、これを否定する気はまったくない。ただ特に日本人の宗教観というのは特別だ（あくまでもキリスト教〈共産主義もキリスト教から生まれた一つの宗教だ〉やイスラムなどの一信教に対してだけれども）。

いわゆる八百万《やおよろず》の神の存在を信じ、そのへんにある石ころや森の木々にも、自然全体にも神は宿ると考え、私たちの先祖、いや私たちでさえいずれは神様の仲間入りができると考えてきた。

こういった宗教観のためか、他宗教、他民族とも仲よくでき、他文化のよいところを取り入れ、自分たちに合う、よりよいものとしてつくり変えていくという、日本人特有のすばらしい性格ができたのだと思う。

何が言いたいかと言うと、私は片岡さんがどんな宗教や占いを信じようとかまわないが、大事なのは、要するに自分を信じて疑わないようにしていくということだ。

これができることで、人には向上心が生まれ、困難にも挑んでいくようになる。だから自分には運があるように思い込むということは大事だ。八百万の神々も、応援してくれる。

自分には運があり、だからまじめに働き、日々勉強し、向上していく。そうすることでますます神々も、まわりの人たちもあなたを応援する。

こうしていると、これがあなたの信念にまで高まってくる。

もう成功するしかなくなるというわけだ。

ここでまた松下幸之助さんのことを話したい。

松下さんは「自分ほど運のいい人間はいない」と思っていた。そして松下さんほどそう信じて疑わない人もいなかった。

しかし、本当は、とても不幸な星の下に生まれたと思うしかないような経験をしている。

小さいときにお父さんが相場で失敗し、小学校をやめさせられて、丁稚奉公に行くことになった。

しかし、松下さんはずっとお父さんのことを尊敬していた。もちろんお母さんのことも大好きだった（私は、お父さん、お母さんのことが大好きで尊敬している人というのは、自分を信じられる人で、信頼できる人だと思う）。

そのうえ、若くして両親を失い、そして兄弟も失っている。

まだ松下さんが独立する前、セメント会社でアルバイトをしていたとき、毎日港から出る小さな蒸気船で通っていたという。そのとき、足をすべらせた船員さんが、松下さんの足をつかみ、そのまま海に落ちてしまった。

季節が夏で、松下さんは泳ぐことができたこともあって助かった。そのことで、「自分は運の強い男」と思ったそうだ。

その後にも、仕事で自転車に乗っていたとき自動車と衝突し、市営電車の前に放り出されたことがあったそうだ。

自転車はめちゃくちゃに壊されたものの、電車は止まってくれて命は助かったのだ。

このことでさらに「自分ほど運のいい男はいない」と思い込み、この信念のようなものが死ぬまで続いた。

そして、世界的会社をつくり、欧米人に哲学者とまで称賛されたのは、「自分は小学校しか出ておらず、しかも体が弱い。だから人の力と知恵をよく集めていくしかなかったという運のよさがあったからだ」と言っていた。

学歴がなく、体が弱く、しかも夜学に通っても成績はパッとしないくらいに頭も大したことがないことを、心の底から運がいいと思ったのだ。

運がよくて、世の中に役立つことをするために生かされていると思う人で、しかも、だからこそ正しい道を求め、人の話をよく聞き、一緒に頑張ろうとする人を、人も世の中も放っておくわけがない。

そうだ。どこまでも自分を信じることとは、世の中の現実と人を愛し、過去も未来も愛することになる。そして神々にも、まわりの人々にも愛され、必ず自分のやるべきこと、やりたいことを実現していくようになるのだ。

だから片岡さん。

これからの人生、大変つらい出来事や困難があなたの前に現れるだろう。迷うこともたくさんあるかもしれない。

しかし、結局は自分を信じることだ。

それですべて解決できる。

自分の考える正しい道を歩き、貫くこと。妙な考え、ずるい道、人や自分をだます道はやめて、堂々と自分の信じる道を正しくつき進むのだ。

必ず、あなたの信じる道が開かれ、実現していく。

第四の条件　信頼できる人をつくっていく

菅平はよかったと思う。

私も、大学ラグビー部のとき早稲田との練習試合を、菅平でやったことがある。当時の早稲田は日本最強チームで、社会人とも同等の力があった。しかし、みんな小さかった。それでもすべてに鍛え抜かれていた。どれほどの練習をしたのだろうか。

そのうえに、考え抜いたチームプレーをしていた。一人ひとりを生かし、お互いに信頼し合い、そしてトライにまでつなげていた。見事だった。

私たちも、そこそこ強かった。

頭では負けるもんかとの思いは、どこかにうぬぼれとしてあったのだろうけど、そのうぬぼれも粉々にされるほどの知恵があるプレーをされて、負けた。でも、お互いに尊敬し合うほど、気持ちのよいゲームだったよ。

大学生にもなってラグビーをやって、のんきな奴だという親や一部の友だちの声もあったが、悔し涙うれし涙とともに、私の貴重な思い出だ。

そうそう、菅平と言えば、すぐ近くに真田の庄があっただろう。真田幸村として有名な真田信繁やその父真田昌幸などが出た真田氏発祥の地だ。

私は、当時の早稲田のラグビーを見て、真田の強さを思ったものだ。いや、早稲田のラグビー以上の強さだったと思う。強い者に勝ち、自分の目指す目標をよく達成していき、一緒に戦う人たちと強く信頼で結ばれ、個々の才能を伸ばしていく。

こうした真田幸村に結実していく人間の偉大な力、組織の大きな力をいかに発揮していくかを考えさせられたものだ。

このように第四の条件として、信頼できる人をつくっていくことをあげなくてはならない。

片岡さん。あなたもラグビーをやっていたからわかるだろう。

いくら強い人、スーパープレーヤーが一人いたとしても意味がない。15人、いやベンチやベンチ以外の部員の仲間、そして監督、コーチ、親や親しい人たちを含めた応援団といった人たちの心を結集し、それを力に変えていってこそのチーム力なのだ。

強いチームというのは決して一人の力でなんとかなるのではない。

また、私やあなたも、白血病という大変な病気になった。

この病気を治すのは、もちろん私たち自身の気力、体力、節制が基本だが、それに医師、看護師、そして親や友人たちの応援や日本、世界の医学、他の技術の進歩があってはじめて可能となるものだ。ラグビー、いや、この世界のすべてに共通していることだ。

だから、私たちに求められているのは、そうした信頼できる仲間、友人を一人ひとりと増やしていくことなんだ。

何度も言うが、自分一人では何もできないのが人間というものだ。

私は、菅平で真田幸村のことを思ったことがあると言った。

その幸村は、自分自身も小さい体だったというが、兵力も小さいものだった。

しかし、戦いにおいては、知恵と技術と仲間力を集め、それらを駆使して戦い、大きな兵力に負けたことはほとんどなかった。

その小さな兵力を構成する人の気持ちを考えてみた。

戦国時代は、ほとんどの人は強いほうになびく。当たり前のことだ。でも、例外的に、「この人の下で戦いたい。死ぬことになろうが、でも、この大将と一緒に戦って死にたい」と思うほどの気持ちになる人がいた。

これは、真田昌幸、幸村親子だけではなく、たとえば九州福岡の立花道雪、宗茂親子もそうだった。小さな立花城という山城を拠点に、大兵力の薩摩の島津勢相手に決して負けなかった。

面白いのは、真田幸村も立花宗茂も、豊臣秀吉が認め、二人とも豊臣のために戦い、そのために徳川家康にとても警戒され、大変な人生を送ることになったことだ。

立花宗茂は養子で、私と同じように妻とはうまくいかなかった。それでも何とか立花の侍たちを束ね、この人のためなら死ねるというほどの結束力を持つ集団をつくりあげた。

私も真田幸村、立花宗茂のようになろうと思った。

そのために、信頼できる人を一人ひとりとつくり、その人たちの信頼に応えるだけの人間になろうと努力をした。

どこまで、私が尊敬する二人に近づけたかはわからないが、私が社長をしたDIDが世界中で受け入れられ、現地のスタッフ、社員とも信頼の絆がつくられたからこそ、あれだけの組織になったのだろうと思う。出光さんの下の出光石油や倉田主税さん率いる日立が大きくなったのも、二人を信じる多くの仲間、部下がいたからだ。

ただ私は、養父と妻、その子飼いの人たちの一部と最後までうまくいかなかった。

それは、会社というのは公器であると思っている私と、会社というのは高原家の私物と思っている彼らとの違いがあったからだ。

おそらく、社長とか経営者に私的な欲があったとしたら、いくら利益を追う私企業といえども、本当に発展することは難しいこととなるだろう。世界的に長く続く良い企業というのは、社会に役立つから大きくなるのである。これは経営学者のドラッカーの教えで、日本の経営者たちが支持した点でもあった。

私も、早く一人になって、一から会社をつくって松下幸之助さんのように一人、一人と信頼できる人を増やしていくべきだったのかもしれないね。

松下さんが、自分ほどの運の強い男はいないとした理由の中の、①学歴がないこと②体が弱かったことの二つとも私にはなくて、反対によい学歴と頑丈な体があった。それに最初からお金もあり、銀行もバックアップしてくれた。

環境をわざと最悪にして出発することはないと思うが、とてもひどい環境、状況下になっても松下さんが言ったように、逆に運がいいと思えるのは正しいと今でははっきりと断言できる。

この四番目の条件である「信頼できる人をつくる」ということで、念のために注意しておくことがある。

中には信頼できない人もいるということだ。

さらには、あなたを傷つけようとする人もいないではない。特に官僚やライバル会社が、あなたの前に「これでもか」と立ちはだかることがあるかもしれない。

でも、そんなことで人間不信になってはいけない。こういう人たちは例外の人たちだ。しかも、この例外の人たちがいてくれて、あなたも鍛えられ、さらに強くなっていくことができる。

だから、この例外の人に引っぱられすぎては絶対にいけない。

それをわかったうえでだが、みんないい人と思うのも、あなたのまわりの本当にいい人に失礼なことだし、組織全体にとってもよくない。

だから、基本はいい人がたくさんいて、才能を伸ばし、一緒に苦労する人がいてくれることに感謝しつつ、みんなの頑張りを崩そうとする例外の人を見つけ、これと戦いうまく排除していくことがリーダーとしての義務だ。

これはとても難しい作業だが、組織づくりのためには避けて通れないところだ。

大切なのは、信頼できる人のいるすばらしさ、人生の楽しさを十分に味わい、感謝して生きていくことだ。

どこの世界でもこの例外があるからいいものもよくわかるのだと、楽しむぐらいの余裕でいたいものだ。

もちろん、この信頼できる仲間を傷つけるようなことがあれば、断固その人を守るために命がけで戦うべきだ。

立花宗茂が述べたと言われているのは、兵の一人ひとりとわが子と同じような気持ちで接していたということだ。わが子と同じように思い、もし兵士の一人がピンチとなれば、わが子と同じだから命がけで助けに行かなければならない。

そのくらいの信頼がないと、何で大将たる自分に命など預けるものかと言ったという。

私もそう思う。

会社や軍隊などの組織や国という協同体が強くなるためには、こうした気持ちでまとまっていくことなしには難しいということだ。

だから、ぜひとも片岡さんには、信頼できる人を一人ひとりつくりあげていくとともに、人に信頼されるだけの自分づくりを忘れずに励んでもらいたいと思う。

第五の条件　世の中のためになることを追求し続ける

白血球の数が少なくなるということは、体の免疫力、抵抗力をなくすだけでなく、食欲や、物を書いたり話したりする気力もなくしていくようだ。

字が読みにくくなってきたのをお詫びする。

先ほども、あの、人を元気に快活にさせる芳沢さんの声が部屋の中で気持ちよくこだましていたよ。

「高原さん、元気出して！　もう一度よくなって若造の片岡智樹君にいろいろ教えてあげなきゃ。よくなって外に出て、また立派な仕事をしなきゃ。してよ」

芳沢さんは、顔は素敵な笑顔でニコニコしているのに、しかし目にはなぜか涙があった。

私は幸せ者だ。

こんなに元気溢れる可愛い天使に見守られているんだから。

なぜか小さいときのこと、お母さんに頭をなでられ、髪を整えられながら「昇、いい子になるとばい。人様に役立つ子になりんしゃい。きっとお前ならみんなに好かれて、みんなのために大きなことをやるようになるくさ」と言われたときのことを思い出した。

あれは、5歳くらいのことだっただろうか。

芳沢さんはきっといいお母さんになるよ。

その前に、いい奥さんになるね。この点、片岡さん、あなたがうらやましい。

そして20歳ころの私と幼なじみの久美子さんのことも思い出す。

何度も言うように、私に人生の後悔は何もない。

もう一度生まれ変わったら、やっぱり、私の父と母の下で生まれたい。

ただ、結婚するなら久美子さんとやり直し、片岡さんや芳沢さんのような、まっすぐで誠実で向上心あふれる子どもを持ちたいと思う。

何も、自分の子どもたちに不満があるのではない。

ただ、生まれながらに大きな資産や会社組織があって、自由に育っていけない分、かわいそうと思う。

人生が一番楽しくやりがいがあるのは、自分の力を使い、自分の知り合う仲間や関係者で、ああでもないこうでもないと苦労し、工夫していくことにある。

チャップリンが、「ライム・ライト」で語った、「人生で大切なものは、夢と勇気とサム・マネーだ」というのは、本当だね。夢と勇気があれば、人生は楽しい。あとは必要なだけのお金。このお金は結果として必ずついてくる。私の言う五条件を守れば、必要なだけの、欲しいだけのお金はついてくるよ。

それは私が85年ばかり生きてきて、本当によくわかったことだ。


もう私に残された時間があまりないようなので、先を急ぐことにする。

ここで、最後の第五の条件について述べたい。

それは、人と世の中のためになることをやろうと思い、それは何かを探し続け、実現させていくことだ。

私は長生きできたと思う。

私の近所のお兄さんやおじさんたちは、自分の親や年下の兄弟、そして私たち近所の子どもたち、日本という国すべての人たちのために若くして命を投げ出し、守ってくれた。

そうだ。私の知っている何人かは特攻を志願し、死んでいった。

私も幼いながら、あと何年かすれば、特攻隊員を志願すると決めていた。

死ぬのは20歳前後かもしれないと思っていたよ。

戦後、特攻で死んだ人のことを批判する人がいるのには驚いたもんだ。

それが表現の自由、リベラルなジャーナリズムだと言われた。

でも、私は、自分の愛する親や兄弟、恋人、近所の子どもたちを守るために死んでいってくれた人たちを悪く言う人を軽蔑した。

私もそのとき、あと何年生きるかわからないけれど、人のために、地域のために、祖国のために、すべてを捧げていくことを誓った。

長く生きてもせいぜい90年とか100年だ。

まさに、あっという間のことだ。

死んだあとのほうが長い。永遠の魂があるあの世で、両親、先輩、死んでいったお兄さんたち、友人の数々と、堂々とずっと語り合いたいじゃないか。

アメリカに留学して、マイクたちとよく話したものだ。学校でも教わり、私の気持ちはいっそう固まっていった。

ビジネスで本当の成功をするというのは、世のため、人のために役立つものを作り出すこと、今までにないようなよいサービスができるようになることだ。

これを、アメリカ流の学問では、イノベーションとか、顧客の創造ということを教わった。

自分だけが得することを考える、人をひっかけたり、だましたりすることは、学問上もうまくいかないとされているのがわかった。

考えれば当たり前のことだ。

私が大きく育て、世界的企業にまでした会社では、病院におろす薬もつくっている。

そこで一番求められるのは、患者の病気を治すために効果を発揮する薬をつくり、安く提供していくことだ。

そうではなく、医師と結託して病人をだまして儲ければいいという商品づくりをしていると、うまくいくわけがない。いずれ、必ずつぶれる会社になる。

私は、外国の会社においては、その国のためになることを第一に考えるようにしてきた。そのうえで、世界の人々に役立つものをつくっていくことを目標にした。

結局、どんな分野であろうと、人と社会に役立つような人、企業とならなくては、本当の成功は絶対にありえないということだ。

逆に、人と社会に役立つ人になろうと頑張り続ける人、人と世の中は何を求めているのだろうと研究し続け、こういうのがあれば喜んでもらえる、便利になる、幸せになるというものを追い求め、工夫、改善し続ける人は必ず成功するのだ。

そうでなければ、世の中は、自分たちが喜ばない、幸せにならない、便利なものを拒否するという馬鹿なことを選ぶことになるからだ。

この第五の条件をしっかりと忘れずにいると、必ず成功の道に進むことになるのはよくわかると思う。

そして、これを実現可能にしていくためにも、第一から第四の条件が必要となる。このように第一から第五の条件がすべてが合わさり、共鳴し合ってこそ、真の成功、偉大な成功へと導かれるのだ。

私は若い人、いやどんな人でも、その人の未来が大体わかる、ほぼ当たると言ったね。

しかし、私はもちろん占い師でも予言者でもない。ただ、この第一から第五の条件を基準にして、人を見ていただけだ。

でも、ほとんど当たる。

それに、最初に書いたように、これは私が考えたものではない。

何度も言うように、人類の長い歴史の中で培った英知だ。

それを、私のつたない人生経験を踏まえて、わかりやすくまとめたものだ。

だけど、決して間違ってはいないはずだ。

これまで何百億もの人たちがつくりあげた真理だからだ。

ぜひ、あなたや芳沢さんに、知ってもらいたくてこの長い手紙を書いた。

これで私に思い残すことは本当に何もない。

私の体の白血球も、この手紙を書くだけの力を残してくれた。

それももう終わりのようだ。白血球や私の体にありがとうと言いたい。

こんな手紙を最後に書けるなんて、あなたや芳沢さんにもお礼を言わなくてはならない。

私は本当に幸せ者だ。

ゲーテは言った。

「幸福な人間とは、自分の人生の終わりを始めにつなぐことのできる人間である」と。

私の夢は、それこそ若くして死んでいった近所のお兄さんたちの思いを実践していくことだった。

私のその夢を、ぜひ、あなたにつなぎたい。そしてそれを、あなたが好きなように広げればいい。

世のため、人のためとよく言うが、そういうことだと思う。

人のために、社会のためになくてはならない、あなたの仕事をぜひ追い求めてほしい。

楽しみながら。時に芳沢さんのような素敵な人に叱られ、励まされながら。

そろそろ私は、両親や先輩、友人たちと、今度は向こうの世界から、あなたたちや日本のことを見守り、応援する側になろうと思う。

ありがとうございました。

高原　昇

渡されたバトン

智樹は長い手紙を一気に読み終えた。

読み終えると、さわやかな気持ちになった。

悲しくなんかなかった。

「高原さん。バトンはありがたく私が受けましたよ。あの世で私たちのことを見守って下さい。必ず、この五カ条を守って、人と世の中に役立つ人間になってみせます」

と誓うと同時に、高原の言葉が後押しとなり、ある決意を固めた。それまで「どうせ無理だ」と勝手に諦めていた夢に向かって、自分を信じて生きてみようと思ったのだ。

第III部 つながり

10年後

「早く原稿を仕上げてくれよ。もう1年以上も待ってんだぞ」と電話を通して石橋伸一は大きな声でどなっている。

片岡智樹は、高原にもらった1通の手紙を何としても自分のものとしつつ、本として世の中に広めようと決意し、しばらくは物書きをすることにした。そして就職せずに（できずに？）アルバイトをしながら何とか食いつなぎ、日々、原稿用紙と格闘していた。

妻の真由美が病院の看護師として働いてくれてはいるが、子どもも保育園に通っていて、そろそろ二人目も欲しいため、早くもっと稼げるようになって、子育てに専念してもらいたいと思っている。

結婚してもう10年になる。

友人の石橋伸一も、作家を目指していたものの、何を思ったのか、出版社を立ち上げて苦労している。おそらく、智樹が高原の本を書き上げるまでは我慢し、その後に本格的に作家業をやるんじゃないかと智樹は思っている。

石橋のつくった会社は、まだ総勢十数人の小さい出版社だ。出版不況と言われる中でも、出版の意義は失われないはずだと社員のみんなにいつもハッパをかけている。

目標は文藝春秋社を育てた菊池寛のようになることだと言っているが、今は経営に忙しくて文筆のほうは我慢しているようだ。

かえって、経営者向きと思い込んでいた親友の智樹が一生懸命に物を書いている。

智樹は、いつかは会社経営をやってみたいという気持ちを持っていた。しかし、まだ勉強することが多いので、40歳になったら石橋に代わって出版社経営をやってもいいと半分本気で言っていた。

石橋も、智樹の妻となった真由美の同僚・西尾千恵子と結婚していた。

千恵子は、看護師をやめて、石橋の会社の副社長兼、経理担当をやっている。つまり、財布をしっかり握っていて、お金はどうも石橋の自由とはならないようだ。

意外に、千恵子には、そういう才能があったらしい。

石橋や千恵子には、智樹一家が食べていけるだけの原稿料は必ず払ってやりたいという配慮があるようだ。

もちろん、智樹はちゃんと仕事をしただけの適正なお金以外は受け取らないので、石橋もやきもきして、智樹にうるさく原稿の催促をしているのだ。

学生時代アルバイト先でお世話になり、退院後もあれこれ世話になった居酒屋の店長・力丸孝二は、自ら居酒屋チェーンを立ち上げ、堅実に広げていた。いずれ、かつて働いていた「村長グループ」を抜き、日本を代表する一大外食産業となる勢いである。

力丸には、誠実で仲間を大切にする心があり、智樹も何かと相談をしていた。しかも、智樹が本を出したら、力丸のチェーン店で働くみんなの研修に使うと言っては、従業員数の倍以上の冊数を買い上げてくれていた。

智樹は、力丸にも必ず成功してほしいと思い、高原の教えをよく伝えていた。力丸も素直にその教えを実践してくれているようだった。力丸は、いずれマクドナルドのように世界を席巻したいと考えているようだった。

智樹は、尊敬する高原が死んでからちょうど10年になる今年、その高原の教えをまとめようと、高原の足跡を追って取材をしていた。

もう取材は1年も続いていた。

取材は、高原の地元・佐賀やニューヨークの留学先にも及んだ。

ニューヨークの大学には高原記念館もあった。高原と友人だったマイクやさらに別の友人で元ハーバード大学の経営学者にも会った。

もう第一線で教えるのはやめていたが、智樹が高原の本を書くつもりであると言うと、ぜひその本を英語に翻訳してハーバード大学出版部から出させてくれという。解説を自分が書くんだと言っていた。

高原の人望がとても高いのを智樹は改めて知った。

また、佐賀に行って偶然わかったこともあった。高原には兄がいて、特攻で死んでいたが、何とこれが、智樹の大おじ、つまり祖母の弟・茂利と同期の戦友であった。

二人で水杯《みずさかずき》を交わし、何を語り合ったのか。それを思うと胸が締めつけられる思いだった。

智樹はゼロ戦のエースと言われた坂井三郎さんの本を何冊か読んでみたが、坂井さんも佐賀の貧農の出身だった。

それを読むと、当時の少年、青年がどれだけ苦労して勉強して努力して飛行機乗りになったのかわかった。智樹はまったく受験勉強もいいかげんだったが、当時の若者は、国を守って死ぬために頑張ったんだと思うと、自分が恥ずかしかった。ゼロ戦に乗って戦える人は何千人もいなかった。つまり、今の東大でも難しいほどの競争だったのだ。

それも戦って死ぬために。

それこそ高原が言っていた葉隠の「武士道とは死ぬことと見つけたり」だ。結局経営も「死ぬことと見つけたり」と言っていた。

つまり自分の命を賭けて、自分の大切にするものを守るために生きるということだ。

別に死ぬことを美化するわけではない。智樹は「葉隠」を読んでそう思った。真剣に大事なものを守るために、自分を生かすんだという精神。

この精神を、屈折した大和魂とか、軍国主義だとか、悪く言う人もいるけど、智樹はそうは思わなかった。

妻の真由美や保育園に通っている息子の根太《こんた》を守るためだったら、いつでも命を投げ出す覚悟はある（どうせ一度は死んだ身だし）。

日本人の長い歴史の中で、こういう人がたくさんいたはずだ。今が例外的に特攻や命を賭けることに疑問を持つ人が多いだけなのだ。

もちろん、それがいけないというのではない。しかし日本の歴史において、少し前までは、そうしてこの国を守り抜いた人たちがいたのだ。それを感謝しなくてはならない。

高原の、「信じられる仲間をつくって大事にしていく」ということも、これにつながるのだと思う。

命を賭けてでも大切な人を守っていくところに、本物の信頼関係が生まれるように思った。

智樹は、高原にお兄さんのことや、おばあちゃんのちずえの弟、茂利のことをもっと聞いておくべきだったと後悔した。

そこにはきっと、ドラマがあったはずだ。

大おじや高原の兄が飛び立ったという知覧を取材で再び訪れたとき、自分もなんだかゼロ戦のパイロットになったような気がした。

知覧の美しい風景と近くの開聞岳はとてもすばらしかった。彼らは、あの美しい山を見ながら美しい日本と、大好きな人たちを守ろうと飛んでいき、敵艦に向かって行ったのだ。

学生のときにちずえを靖国神社に連れて行き、九段会館の戦友会に同席したこともあった。

みんなもう90歳くらいで、生き残った人たちでも、死んでいく人が多くなっていた。

当時は戦争のことを何も知らない学生だったが、元特攻兵のおじいさんたちは、凛として神々しく思えた。

今は、そこにつき合ったことを感謝している。

息子の根太に、このことを直接伝えることはないだろう。

しかし、自分の今の仕事である文筆や出版の世界で、日本人としての誇りと繁栄と日本の世界への貢献を自分らしく追求していきたい。

幸い、親友の石橋とその妻・千恵子も、出版社を経営してくれている（いずれは経営者を交代する時が来るとは思うが）。

必ず、いい本をたくさんつくって、日本のすばらしさと高原が教えてくれた本物の成功条件を広めていきたい。

今、智樹は高原に教わったことを1冊の本にまとめようとしていた。

高原が教えてくれた五つの条件を中心にして、彼の人生を追い、広く伝えようというものだった。

あと少しで完成しようとしていた。

智樹は、高原に教わった五つの条件に何か加えるものがあるような気がしていた。

もちろんそれは、高原が教えてくれたものであるはずだったが、何だろうかと、ずっと考えていた。

真の人のつながりとは

智樹は自分の中で、今回の本の全体像がほぼ固まってきたのを感じていた。

あとは完成を後押しする最後のきっかけを待つのみであった。

その最後のきっかけは、妻である真由美との会話において訪れるような気がしていた。

やはり、共通して高原を知っている真由美と話しているうちに、書き出さずにはいられなくなってくる。

智樹は、物書きとしてこの習慣はあまりよくないことだと思っていた。

プロの物書きは、毎日、与えられた仕事をたんたんと一定量こなし続けてなんぼの世界だ。

尊敬する佐伯泰英のように、毎日一定時間に一定量書いて20日間で1冊分終え、あとの10日を調べものの時間として使うといったように、だ。つまり1か月で1冊書くという、まさに職人技だ。

また、ドイツの詩人であったハンス・カロッサが、尊敬する詩人のリルケを訪ねたら、抒情《じょじょう》あふれる作品を書くリルケが、まるで工場の職人のようにコツコツと詩作にふけっていたのを見て驚いたという。

おそらく今回の作品が終わると、智樹も一応の脱皮がはかれるような気がしている。

智樹は何年かぶりに高校時代からの親友の一人、川上康弘に会った。

川上は、慶応大ラグビー部から、電通に入って10年目で、そろそろ大きな仕事も任されるようになってきて、油が乗っている感じに見えた。

川上は言った。

「こんなこと言うと片岡に悪いけど、やっぱりこの世はつながりだな。人と人のつながりだよ。電通にいるとよくわかるよ。日本ビジネスにおける潤滑油の仕事をしているところだからね。電通に入るのは企業の偉いさんの子弟や皇室関係が多く、そういった結びつきで仕事が動いている。慶応ラグビー部時代の友だちもテレビ局や大手飲料メーカーや商社にいて便利だよ」

「なるほど、川上の言うのもよくわかるよ。ただ、オレたち普通の人間からするとな、それはくそくらえだ。何がつながりだ。そりゃただのコネ、利権の持ち合いじゃないか。世の中がそんなもんでいつも支えられているというのはウソだ。あの幕末を見ろ。ほとんどの旗本、地方の殿様と役人たちは、日本の危機にただ右往左往していただけじゃないか。アメリカのペリーが来たとき、幕府の役人連中は、アメリカ側との懇親会か食事会で、酔っ払って、肩組んで『人間はみな一緒。仲良くやろう。つながりが大切だし』とか何とか言って帰り、アメリカ側に〝役立たず〟と馬鹿にされたらしいじゃないか。結局、何の既得権益もない、下級武士や脱藩浪人たちの力で国がかろうじて守られたんじゃないか。お前たちの姿を見ていると当時の旗本にしか見えないよ。

もちろん、そういう人間がまじめに、一生懸命に自分の仕事を守ってやるというのは必要なことでもあるのだろう。国の経済をとりあえず支えてはいけるのだろう。ただ、力も何もないような、一般庶民というか、うまい汁を吸えていない一般国民をなめんじゃない。本当に土台から国を支え、経済を動かしているのは、この人たちだ。つまりオレたち一見何も力のないように見える多くの国民なんだ。

いいか。川上、調子に乗るなよ。人のつながりというのは、馴れ合い、利益の持ち合いのことじゃないんだ。自分や自分の会社の〝私〟になることだけを求めて協力し合うことじゃないんだ。少しでもこの世のために、人のために何か役立つことはないかという高い志を持った同志が出会って、触発されて、さらに自分を向上させて、国や社会に役立つことをしようとすることなんだ」

智樹はつい大声で言った。

川上は、余裕をもって聞いているように見えたが、内心は腹が立っているのがわかった。

「なんだよ。今日は会社の経費で、次郎の寿司をおごってやろうと思ったのに。お前のへりくつじゃ、そんな馴れ合い企業のお金じゃ、おごってもらえないというんだろう。

あるテレビ局のプロデューサーが慶応の同期だから、今度、お前の作品でドラマでも作ってやろうと思ったんだけど、それも嫌そうだな。相変わらず、田舎の高校ラグビーのタックルマン人生だよ、お前は」

と川上は、もう帰りたそうな顔をして言った。多分、銀座のクラブあたりに行って飲み直そうと思っているのだろう。

「オレもう帰るやね。悪かったな。忙しいのにわざわざ会ってもらって。はい、オレの分」

と智樹は1万円をテーブルに置いて店を出て行った。

背中のほうから「チエッ、相変わらずのガンコもんが」という声が聞こえた。

お金よりも大切なものがある

「そりゃ、川上は災難やったなあ。川上は、何も間違ったことを言うとらん。現実の当たり前のことだ。まあ、片岡につかまったのが不運たい。今度、電話して、うまく言っとくやね」

と石橋は、ホンダのオデッセイを運転しながら言った。

久しぶりに石橋の妻、千恵子が昔の友だち、真由美と会いたいというので、息子の根太の保育園が夏休みに入ったタイミングで、群馬県の沼田からのいわゆる真田街道をドライブして、軽井沢で一泊し、その後10年ぶりに菅平に行ってみようと、一泊二日の小旅行に出た。

智樹の今度の本のためにも、もう一度、菅平や真田幸村関連の地を見せてやりたいと石橋は考えたのだ。

真由美は久しぶりに千恵子と会って話をはずませていた。

「千恵子に、会社経営の才能があったなんてね」

と真由美は言った。

「会社経営だなんて、ほんの小さな会社の経理責任者よ。社長の石橋がだらしなくて、放っておくと毎日キャバクラやクラブに行って、あっという間にお金がなくなっちゃうんだから。

私たち日本の中小企業は必死に働いて、節約して、頑張らなきゃ日本も将来だめになるんだから。ねえ、片岡君」

「そうだよ、千恵子副社長は相変わらずいいこと言うねえ、おい社長、石橋！　いい本どんどんつくって、日本をよくしていこうぜ！」

と智樹はうれしそうに答えた。そして続けた。

「大体、福沢諭吉は変な人だよ。自分は〝藩閥政治は親のかたき〟と言って、九州中津から出てきた貧乏下級武士を中心に慶応義塾をつくったくせに、今やその慶応はいいとこの家庭の子弟、エリートが集まる学校で、創立者の精神はどこへ行ったんだよ。

あと、〝やせがまんの説〟で勝海舟を批判しているけど、ありゃどういう意味だ。勝に『幕府にお世話になってんだから、薩摩と長州と戦争すべきだった』と言っている。おかしいよ」

「おいおい。川上とケンカしたからといって、福沢先生にかみつくことはないだろう。福沢諭吉は九州人らしく、勝に『スジを通せよ』と言いたかったんだろ」

と石橋はハンドルを持ちながら言った。車は沼田を目指して走っていた。

「勝部真長教授の研究だと、どうも福沢は、慶応義塾の運営資金を勝に借りに行って、断られたようだ。だから勝に対してやり返したかったらしい。勝にすると、福沢はちゃっかり、明治政府の連中とうまくやって、三田の土地などを安く手に入れて十分潤っているじゃないかと思ったらしい。勝の預かっている膨大なお金は、もし明治政府がおかしなことをしたら、このお金で旧幕臣たちを使って、反旗をひるがえすぞという脅しのためだったのさ。

勝と西郷隆盛が親友だったというのもよくわかるよ。勝と西郷の出会いとつながりこそ、本物だ。日本の国、日本の国民のためになる行動を考えている。自分たちのおいしい権益なんかくそくらえと思っている。

いくら西郷と大久保利通が幼なじみでも、そうした生き方が違っているんだ。西郷の気持ちは、大久保は『自分しかわからない』と言うけど、西郷の心は、勝にしかわからなかったと思うよ。福沢は大久保も嫌いだったらしいけど、オレに言わせると同じ穴のムジナさ」

「おー。片岡につかまっちゃ、日本の近代を築いた二人の大偉人、福沢も大久保もコテンパンだな。まあ、片岡先生流の考えがまとまりつつあるっていうことかな」

と、出版社社長らしく、うまく話をまとめる石橋だった。

「真由美ちゃんもこんな愚直な亭主を持つと苦労は絶えないね。いつまでも大金を手にすることもできそうにないし」

と話を真由美に振った石橋だった。

しかし、真由美はきっぱりと言った。

「でも、智樹らしくていいと思うよ。私は、まっすぐで妥協することなくやりたいことを貫く彼と結婚したんだし。変に小ずるく生きて、世渡りのうまい男なんてつまんないじゃない。根太のためにも、お金よりも大切なものがあるということを見つけて教えてほしいわ。それと高原さんが智樹さんに教えたように、必要なお金、欲しいだけのお金は、そういう生き方、つまり高原さんのような生き方をすれば、いくらでも集まってくるものだと思っているし。きっと、智樹さんは本物の生き方を見つけるよ。そして根太につないでいくんだよ」

「こりゃ、まいったな。相変わらずの真由美節だ。片岡と結婚してますます磨きがかかっている。やっぱり片岡がほれて結婚しただけのことはあるわ」

と石橋はちゃかした。

「あんた、そんなことよりも、頑張って片岡一家を支えられるくらいの立派な出版社にしなきゃね。会社を安定させてからでないと、好きな小説を書こうなんて思っちゃダメだからね。私は真由美と違って、しっかりとお金を手にしてからがいい人生だと思ってんだからね。それをご主人様に求めるタイプなんだから」

と千恵子も口をはさんできた。

そうしているうちに、車は関越自動車道の沼田インターチェンジで沼田市内に下りた。

軽くお昼を済ませた後、沼田城跡を見学して、続いて名胡桃《なぐるみ》城址を見て、さらに岩櫃《いわびつ》城跡に行き、嬬恋村《つまごいむら》を通って軽井沢に向かった。

いわゆる旧軽《きゅうかる》の有名ホテルをやめて、北軽井沢のホテル１１３０に泊まった。どこにでもある近代的ホテルだが、旧軽のように、じめじめかつ重々しくはなく、気軽な感じがこの一行には適していた。

明日はいよいよ上田城と〝聖地〟菅平だ。

智樹たちの母校・熊本城東高校は、昨年、長崎芳則がラグビー部の監督を辞めて、夏合宿も地元の阿蘇に戻って菅平には来ていないのは淋しかったが、菅平はそれでも聖地であることは変わらない。身が引き締まる思いだ。

10年前に来たときは、白血病の闘病中だったたし、人生の一大転機でもあった。あのときの長崎の言葉や東京に帰ってからの高原の死、そして遺された手紙が、智樹の人生を決定づけた。

そこから、高原からもらった宿題をやり続けているのが、智樹のこの10年間だった。それは、とても貴重な時間だった。

この10年の間に何冊もの本を書いた。

それは、今取り組んでいる本に向けての試作のようなものだった。

智樹は、高原のあげた五つの条件に間違いはないと思っていたが、それに二つの条件を加えたいと思っていた。その二つは、高原自身が教えてくれたものだった。だからどうしても、その二つの条件を足して七つの条件、いや七つの法則にしようと思った。

ホテル１１３０の露店風呂の温泉に一人つかりながら、智樹は考えをまとめていた。

出会いのすばらしさ

智樹は、五つの条件をこの10年間に何度も検証してきた。

第一の条件　絶対にあきらめない
第二の条件　素直、正直、誠実である
第三の条件　自分を信じる
第四の条件　信頼できる人をつくっていく
第五の条件　世の中のためになることを追求し続ける

この五つの条件に、二つのものをどうしても加えるべきだと思った。

その一つ、つまり第六の条件は、人との出会いを大切にすることである。

現に、智樹は白血病というとんでもない病気になった。しかし、その治療のために入院することで、高原昇と真由美という大切な二人に出会うことができた。もうそれだけで智樹は生まれて来た甲斐があったというものだ。

もちろん両親、兄弟、石橋や川上などの友人との出会い、長崎という恩師との出会いも自分の宝物である。こうした出会いなしに自分の今はない。

智樹が好きな著述家の一人に、アメリカのエマーソンという人がいる。そしてその友人に『森の生活』を書いたソローがいる。ソローはいわば変人で、森の中で一人暮らしをしたり、1日4時間も散歩をし、読書や執筆にも時間を割いた。だからアルバイトばかりいくつもやり、自分のやるべき時間の確保を優先した。

ソローは幸せだったし、成功した人だったと言うべきだろう。

生きているうちにはお金もなかったし、本を書いてもちっとも売れなかった。しかし、エマーソンというすばらしい友人が「お前は凄い」と評価してくれた。

ソローは死後、アメリカを代表する作家の一人とみられて、今では世界中に多くのファンがいる。しかし、生きている間に、彼のすばらしさがわかった人はエマーソンぐらいしかいなかったようだ。

しかしエマーソンとの出会いは、ソローに本物の幸せと成功をもたらしている。

エマーソンは言っている。

「【成功について】
しばしば、大いに笑え
知的で聡明な人たちのリスペクトと

子どもたちの愛を得ることができ、
誠実な批評家によい評価を受け、
にせものの友人の裏切りに耐え、
美しいものがわかり、他人のよいところが見られるようになり、
子どもの健康、庭の手入れ、
社会の改善などに少しでもよいから加わり、
一人でもよいから、
あなたが生きていてよかったと思ってくれること、
これが私の考える成功というものである」

どうだろう。このエマーソンの考え方からすると、ソローはやはり成功者だ。

智樹は、このエマーソンの言葉から、「人生というのは、一人でもこの人はという人と出会えば、生きた甲斐があったと思える」ということがよく納得できた。

昔の武士は、「この大将の下だったら死んでもいい」という人に会えると、本当に強かったと思う。そういう人たちで成る軍団は、強かった。

真田幸村の軍がわずか数千の軍で、徳川家康の数万もの軍を苦しめたのは、そういうことだったのではないか。

智樹のおばあちゃんの弟も、高原の兄も、一緒に特攻で国を守り、愛する家族を守ろうと思うことで、生きてきた喜びを感じることができたのではないか。

たとえ90歳、１００歳と長く生きても、これという人に会うこともなく（多分出会っているのだが、わからない。出会いを感じなかっただけだろうが）人生を送っても、そこに幸せや成功など何もないようなものである。

どんなにお金を手に入れても、何の面白味もない。その大金を守ることだけの人生なんてつまらなすぎる。やっぱり世の中に役立つことをして、すばらしい出会いをして、その仲間とあれこれ頑張って、結果として必要なお金をたくさん手にしていく高原さんのような人生でないとつまらない。生まれてきた甲斐がない、と智樹は思うのだ。

だから出会いのすばらしさを感じたいものだ。

誰も彼も運命の出会いだなんて思うことはない。だけれども、たとえば両親、兄弟、妻、親友、師の、一人でもいい。すばらしい出会いがあれば、そこに生きてきた甲斐があったと思えるはずだ。

智樹は幸せにも、親兄弟に恵まれ、最愛の人と出会い、高原や力丸など恩師と思える人、尊敬する先輩にも会うことができた。石橋をはじめとする親友とも出会えた。

この生命あるかぎり、その人たちに出会えたことに感謝して、何かをして役立ち、燃えつきたいと心から思っている。


こうして第七の条件として、感謝するということをあげたいと思っている。

人は一人では何もできない。生き甲斐も、生まれてきた喜びも、人と出会うことで生まれている。その場を提供してくれているこの社会、世の中にも感謝せざるをえない。この社会に恩返しをしないではいられない。

特に智樹は一度死んだ身である。

それを多くの人の励ましと助けを借りて、生命をつないでいくことができている。

恩返しをしない人生は、卑怯者の人生でしかないと強く自分に言い聞かせている。

今度の小旅行で、自分の家族と石橋夫妻と話して、以上の考えもほぼまとまった。

明日、上田と菅平を見て、東京に戻ったら、今度の本が書けそうであった。

完成

群馬から長野への小旅行は、智樹の創作意欲をさらに増すことになった。

帰ってすぐに〝書きたいエネルギーに火がついた状態〟となり原稿用紙に向き合った。

そして、ついに、高原の教えをまとめた『七つの原則～ある成功者が語るこの世の真実』という本を書き上げることができた。

本が出版されて1か月、売れ行きは爆発的とは言えなかったが、安定した、まあまあのものだった。

出版社社長の石橋は、

「すまないな。もう少し売れていいんだが。まあ、いい本がすぐに売れるとは限らないしね。しかし、この本はうちの財産としてじっくり売り続けていくよ。いや日本人の財産となる」

と智樹を励ました。

「いや、立派なもんさ。これ以上望んでもしょうがない。これは日本の〝七つの原則〟さ。おれの一生の宝物となったよ」

そう智樹が返事をしているとき、出版社副社長兼経理担当責任者の千恵子が、慌てて、狭い社長室に入ってきた。

「アメリカのニューヨーク大の佐藤教授から電話が入ってね。片岡君が書いた『七つの原則〜ある成功者が語るこの世の真実』を、アメリカで翻訳出版したいって言っているわよ」

社長の石橋も「おい、どうする」と智樹に聞いた。

「佐藤先生は、ソニーの盛田昭夫さんの『メイド・イン・ジャパン』を仕掛けた人と言われているんだって。いいチャンスじゃないの、片岡君」

と千恵子が少し興奮して言った。

「いや。どうも気が進まない。この本はあくまでも日本人に向けた高原さんのメッセージだ。森田さんの『メイド・イン・ジャパン』も、昔の新渡戸稲造の『武士道』も、最初からアメリカ人やヨーロッパ人に向けて、日本人の立場をわからせようと書かれた本だ。そこには、そうした準備と論理構成がある。現に盛田さんは、その後、日本人に向けた『NOと言える日本』を石原慎太郎さんとの共著で出して、それがアメリカ人側に翻訳されて、議会でも、ビジネス界でもえらく問題になった。せっかくの『メイド・イン・ジャパン』の功績が台無しになった。

事情通によると、どうも『NOと言える日本』は、石原慎太郎さんが一方的に出版を進めたそうだ。ソニー側は、出版後に、出された事実を知って大慌てしたらしいけどね。それだけ、アメリカという国の言論はやっかいなんだよ。高原さんのためにも、アメリカでのこの本の翻訳出版はしない。痛烈なアメリカ批判や特攻の評価を始め、微妙な内容もあるからね。まあ、そのうち、アメリカ、ヨーロッパ向けの本を書くさ」

と智樹は冷静だった。そして丁寧に佐藤教授に断りの返事をした。

智樹は家に帰って、自分の部屋で、本をめくって、もう一度、七つの原則を自分で確認した。これをやるのを一生の習慣とするつもりだ。そしてわが人生と七つの原則を考えてみた。今も毎日これをやっている。こうすることで、自分の人生は、必ず正しくそして世の中に大きく貢献できる充実したものになっていくことは間違いないだろう。高原もそれを断言してくれたように。

第一の原則　絶対にあきらめない

智樹は、もともと性格的に粘り強いところがあった。高校時代にラグビーをやっていても〝スッポン・タックラー〟の異名を取っていたほどだった。そして、高原を知って、リーダーたる者、この国に貢献する者はみな、粘り強かったことを知った。そして、これこそ日本人が持つ特質であるとわかった。

最近読んだオグ・マンディーノの『十二番目の天使』は、自殺を思いとどまった主人公がリトルリーグの監督としての生きがいを見つけていくという話だが、野球がへたな補欠の子が、ガンに冒され死んでしまうという、涙なしに読めないものだ。その中でも「絶対にあきらめない」ということを強調していた。イギリスのチャーチルが首相になったとき、ナチスドイツに占領されてしまいそうで弱気になっていた国民に向かって「絶対に、絶対に、絶対に、絶対にあきらめない」と声をかけた言葉を、ガンになって死んでいく少年が口ぐせにし、逆に主人公の監督が励まされるという物語だ。

智樹は、イギリスやアメリカなどの欧米が、アジアを植民地としようとしていたのを駆逐した日本の先祖たちを思うとき、日本人こそ、このチャーチルの言葉を口にしていたのだと思った。

圧倒的な戦力、物量を前にして、日本人は立ち上がった。たとえ最後は智樹の大おじや高原の兄が特攻という作戦で散ったとしても、きっと彼らは絶対にあきらめなかったはずだ。たとえ、自分たちが死んでも、万が一イギリス、アメリカに破れたとしても、この自分たちの命を賭けた攻撃を見て、後に続く日本人たちに、この絶対にあきらめずに戦う姿を見せてやるんだと思ったのだ。

次に続くものを信じ、次の世代を信じ、これにつないでいく。バトンを渡していく。これが日本人だ。

２０１１年３月11日の東北大震災による津波が、福島原発を襲い、大惨事が起きた。

その壊れた原子炉に東京消防庁の消防士たちはヘリコプターで水をかけに行った。世界は驚いた。ここに特攻と同じ精神が日本人に引き継がれていたのだ。自らは死ぬかもしれないが、多くの日本人のために、次の世代の人たちのために、それがつながっていくことに、自らの人生を賭しているのだ。

聞いた話だが、この映像を見て、中国人民解放軍の参謀たちは、まともにぶつかれば日本はやっぱり手強い、敵わない、日本に対しては謀略戦、スパイ戦、外交戦でいくしかないと再確認したという。

別に軍事だけのことではない。

日本のビジネスは、この絶対にあきらめない、改善につぐ改善でよりいいものを作っていくという精神があるからこそ強いのだ。だから資源も何もないアジアの小国が、世界のビジネスシーンをリードしていっているのだと思う。

そして智樹も、一度は死んだ体だが、最後まで絶対あきらめずに、よい仕事で、自分を生かしてくれた社会、世の中に恩返ししていくつもりだ。

第二の原則　素直、正直、誠実である

この素直、誠実であることは、負けず嫌いの智樹にとっては、一番難しい原則であった。

しかし、妻の真由美が、まっすぐに思ったこと、見たことをそのまま言ってくれることで、かなり守れるようになっている。

「あなたはそう言うけど、自分が高原さんになった気持ちで、自分の言動を見てみなさいよ。自分の考え、意見は大事だけど、その前にまず素直に物事を見てごらんよ。そして正しいと思ったら、あとはひたすら誠実に行動するのよ。きっと高原さんも、あの世の先祖たちも、そういう智樹の姿を喜んで応援してくれるわ」

言われたときは、少しムッとするけど、一人になると反省して、妻の真由美に感謝している。

第三の原則　自分を信じる

智樹が好きだというエマーソンは、「セルフ・リライアンス」つまり、「自己信頼」という文章を書いている。

彼の言う「成功」の概念とともに好きな一節である。

そこでエマーソンは次のように述べている。

「自分を信じよ。あなたが奏でる力強い調べは、万人の心をふるわせるはずだ。神の摂理があなたのために用意した場所を同時代に人々との交わりを、物事の縁を受け入れよ。

偉人たちは常にそうしてきた。彼らは子どものように時代の精神に身を委ね、自分の心の中に完全に、信頼できるものが鎮座し、それが自分の手を通してはたらき、自分の全存在を支配していることも示してきた。

現代に生きる私たちも、この人智を超えた運命を最高の精神で受け入れなければならない」

そして次のようにも言う。

「自分の仕事にまごころをこめ、最善を尽くすなら、心は安らぎ、晴れやかになるが、そうでない言行からは心の平安は得られない。そのような態度は何も生み出さない。それでは才能に見捨てられ、詩神の助けも得られず、創造も希望も生まれないだろう」（『自己信頼』伊藤奈美子訳、海と月社）

高原も、この「自分を信じる」ということでは反省もしていた。大器晩成の人などに多いというが、本当に自分にそれほどの力があるのかと疑ってしまうところがあるようだ。誠実で謙虚な、よく自分を反省する人もそういう人が多いらしい。

しかし、エマーソンも言うように、逆に本当に素直に誠実に、自分を信じて仕事をすることで、創造も、希望も生まれるのだ。

高原がもし、会社を自ら創業していたら、パナソニックの松下幸之助やソニーの盛田昭夫と肩を並べる有名な日本人経営者としてマスコミを騒がせていたに違いない。ただ、高原は松下や盛田のように派手なパフォーマンスで世間受けするようなことはしなかったろうが。

智樹も、レベルは低いかもしれなかったが、就活のとき、この自分を信じることを思い切って全面に出し、有名企業の面接官をたじろがせた。もちろんすべて不合格となったが、ちっとも悔しいという思いはなかった。むしろ晴れ晴れとした気持ちで、アメリカのソローやエマーソンに負けないぞと大げさに自分を奮い立たせたものだった。

このことで妻の真由美や生まれきた根太には迷惑をかけているかもしれないが、自分の信じた生き方を貫いていくぞと毎日誓うのであった。

第四の原則　信頼できる人をつくっていく

歴史的にみても、大きな仕事をやった人というのは、例外なく信頼できる人たちをつくっていた。

その人にどんな才能があろうとも、一人では大したことはできない。

幸いに、智樹は信頼できる人たちを着々とつくっていて、その人たちを大事にしている。

〝スッポン・タックラー〟は、単にあきらめないところだけで生かされているのではない。この人は大切だと思う人、この人とは一生つき合いたい、信頼できる人と思えば、絶対に離さない。誠心、誠意大事につき合っていこうと考えている。

この人のためになら死ねるというくらいの気持ちで接している。今は、もう昔の特攻のような作戦は考えられないだろう。しかし、いつ自分のすべてを賭けなければならないときがくるとも限らない。

智樹は、妻の真由美や息子の根太、そして石橋や川上などの仲間のためには、そして力丸などの尊敬する人のためには、それこそ特攻のようなことでも恐いものなどなく命を捨てられる。そのつもりで生きている。

きっと昔、吉田松陰が口にした〝大和魂〟というのは、こういうことだろう。何も軍国主義がどうのこうのじゃない。人のために、大事な人のために、自分の命さえも犠牲にできるほど仲間を大事にしていくことだ。

だから吉田松陰を慕って、みんなが、日本を変えるために命を賭けられたのだ。

人には、ずる賢い人がいるのも事実だが、多くの日本人の中には、こうしたすばらしい精神や魂が受け継がれているのだ。

　この精神や魂を、根太やその子たちにつないでいくのは、智樹たち今を生きる世代の役割だと思っている。

第五の原則　世の中のためになることを追求し続ける

　すべての芸術作品やビジネス上の商品は、これを求めてひたすら努力することで、必ず成功していく。逆に、これに反し、自分の利益や自分の属する組織のために活動すると、いずれ必ず失敗する。

　たとえ、自分の代はかろうじてごまかしても、次の世代には、必ず革命やゆり動きが起きてしまうことになる。

　当たり前のことだろう。それでも一部には、そういう自分の利益だけのことしか考えない者が出てくる。

　日本の歴史では比較的これが少なかった。だから世界で唯一といってよいほどに歴史が続いているのだ。

これに対し、お隣の中国や韓国、いや世界の歴史を見てみればいい。

自分たちの立場をうまく利用して、いかにおいしい利益を得るかを考えて動いている。それによって一部の人は、私たち日本人からすると考えられないほどの巨万の富を築いているように見える。

そんなのが続くわけがない。それは本物の成功ではない。そうした間違ったものと戦っていくのも、智樹の生涯の仕事と考えている。

第六の原則　人との出会いを大切にする

これは高原の五つの条件にはなかったが、当然、第四の原則である信頼できる人をつくることの前提ともなっているのだろう。

だが、どうしても、智樹はこの「人との出会いを大切にすること」を入れたかった。

なぜなら高原昇と会えたこと、妻となってくれた芳沢真由美に会えたことなどは、本当に神様がくれた縁だからである。

こんな出会いを大切にすることで、運命が開けるのがわかったからだ。

考えてみると、自分を生んでくれた両親や、兄弟、古くは大おじやおじさん、おばさんなどの先祖たちとも「出会った」と言えなくもない。

また石橋や川上などの友人や、バイト先の店長・力丸や、さらにラグビー監督の長崎などとの出会いは、今の自分の多くをつくり出している。

だから、この人たちと出会えて、それだけでも、生まれた甲斐があったと智樹は思っている。この人たち、そしてこれから生まれる新しい出会いを、一つひとつ大事にしていこうと思っている。

第七の原則　感謝する

智樹は白血病となったが、医師や看護師、両親や友人たちの励ましで、何とか命を長らえている。

そう、今を生きていること自体が感謝すべきことである。

よく考えてみると、たとえこうした病気にならなくても、たとえば一人で生きて、よい仕事をしたとしても、気持ちのいいことなど何もないだろう。

生きているかぎり、この世でいいものを生み出していこうとするかぎり、まわりに助けてもらうことになる。そして、そういう仲間がいるから人生は楽しくてしかたなくなる。

だから智樹は、最後の第七の原則として、感謝することを挙げた。

そして、毎日、感謝することを忘れずに生きていこうと思っている。

あと、どのくらい生きていけるのかはわからない。

だが、生命《いのち》ある限り、この感謝を忘れずに力いっぱい自分にやれることをやり続けるのだ、と自分に言い聞かせながら、今日も1日を終えるのであった。

エピローグ

——ニューヨークの聴衆の割れるような拍手の中で、智樹は、涙が出てきてしかたなかった。やはり一番前の席でトニーも、手をたたきながら泣いているのがわかった。

話を無事に終えた達成感の中で、いきなり天国の高原とつながったような気がして、つぶやいた。

「やっと、高原さんの宿題を終えたような気がします。これで石橋とバトンタッチできます」

智樹は、文章を書くのはもう終わりにしようと決めた。

自分を支えるために、作家業を中断していた石橋伸一と経営者を交代し、今度は彼をささえる番だと思った。他にも多くのすばらしい本を出して世界中に広めていくために必要なお金を、高原の教えを守ることでたっぷりとつくっていくことになるだろう。これは必ずできるだろう。

いや、高原に教わり、全世界の先人から教わった七つの原則を実践し、少しでも多くの人を幸せにしていかなくてはならないのがわかった。そのためにオレは生まれてきたんだと思った。

人は、必ず成功し、幸せになるために生まれてきたんだ。それを一人でも多くの人に伝え、広めていくんだと智樹は固く決意した。

あとがきに代えて　〜本書の活用法

本書の物語はすべてフィクションであることをここでお断りしておきたい。

ただ、本書に出てくる話は、いずれも、実際に体験したものや、ある人たちから直接聞いたものを、筆者なりのとらえ方でまとめたものである。

私の創り出したものは何もなく、人類の英知がこの物語の中にちりばめられている。

それゆえ読者におかれては、これを活用しない手はない。

人類が到達した、「成功のための七つの原則」を自分のものにすることができれば、自分の目指すものは実現し、まわりの人を幸せにし、自分もそのまわりも楽しくて、しかたのない人生を送ることができるようになるだろう。

そこで、最後にあとがきに代えて、本書の中でまとめられた七つの原則について、その身につけ方などに関してのいくつかのポイントを説明しておきたいと思う。

まず、本書でかかげた七つの原則をノートか紙の上に書き写し、日々眺めてほしい。

1. **絶対にあきらめない**
2. **素直、正直、誠実である**
3. **自分を信じる**
4. **信頼できる人をつくる**
5. **世の中のためになることを追求し続ける**
6. **人との出会いを大切にする**
7. **感謝する**

そうすることで、以上、七つの原則を自分の心身にしみ込ませていってほしい。
すると、本来の自分の才能がめざめていくことを感じるようになるだろう。
古代ギリシャの哲学者、アリストテレスも言っている。
「優秀さは訓練と習慣の賜物である。私たちは美徳と優秀さを持っているから正しく行動するのではなく、正しく行動するから美徳と優秀さを持つことができるのである」

また、次のようにも述べる。

「一羽のツバメが来ても夏にはならないし、一日で夏になることもない。このように、一日もしくは短い期間で、人は幸福にも幸運にもなりはしない」

アリストテレスが言いたいのは、人間が生み出すことができるものは、習慣にしたものだけということだ。

だから、よき習慣をつくることができれば、よき人生が送れることになる。

七つの原則を身につけ、自分の習慣にまでした人に、恐いものなどないということになる。

次に注意すべきことは、そのすばらしい七つの原則を身につけたあなたが、どこに向かっていくかということである。

正しい目標をつくり、そこに向かうことである。

七つの原則を身につけていく中で、正しい方向が見えてくることもある。

したがって、いったん決めたからといって、あまりそれにこだわりすぎず、確かな目標が見えてきたら、それを強く、明確に意識してほしい。

自分の人生目標を紙やノート、パソコン上に示し、これを七つの原則とともに日々確認できれば申し分ない。

また、一年とか三年とかの中期目標、そして一か月、一週間の短期目標も立てるとよい。こうして、あなたの進む道、成功への道すじが目の前に開かれてくることになる。

短期目標は、そのときの事情によっても左右されることも多いので、より柔軟に考えればいい。

いずれにしても大事なのは、七つの原則を日々確認し、強化していきながら、あなたの大きな人生目標を達成していくことである。

こうしてあなたは本当の成功へと歩み続け、この世になくてはならないすばらしい人となることは間違いない。

そしてかけがえのない人生を充実させていくことになるだろう。

遠越《とおごし》 段《だん》

東京生まれ。早稲田大学法学部卒業後、大手電器メーカー海外事業部に勤務。1万冊を超える読書によって培われた膨大な知識をもとに、独自の研究を重ね、難解とされる古典を現代漫画をもとに読み解いていく手法を確立。著書に『スラムダンク武士道』『スラムダンク論語』『スラムダンク孫子』『スラムダンク葉隠』『ザッケローニの言葉』『ワンピースの言葉』『ゾロの言葉』『ウソップの言葉』『桜木花道に学ぶ"超"非常識な成功のルール48』『人を動かす！ 安西先生の言葉』『20代のうちに知っておきたい読書のルール23』『世界の名言100』『ゼロから学ぶ孫子』『心に火をつける言葉』『心に火をつける言葉Ⅱ 情熱の燃やし方』『HUNTER × HUNTERの 夢を貫く言葉』(すべて総合法令出版)がある。

大富豪爺さんがくれた 1通の手紙

2015年6月6日 初版発行

著者 遠越 段

ブックデザイン 土屋 和泉

発行者 野村 直克

発行所 総合法令出版株式会社
〒103-0001
東京都中央区日本橋小伝馬町15-18
常和小伝馬町ビル9階
電話 03-5623-5121

印刷・製本 中央精版印刷株式会社

 ISBN978-4-86280-452-5